荟珍集
HUIZHENJI

无声戏

（清）李渔 著

浙江古籍出版社

图书在版编目（CIP）数据

无声戏 /（清）李渔著 . -- 杭州：浙江古籍出版社，
2023.1

（荟珍集）

ISBN 978-7-5540-2459-1

Ⅰ.①无… Ⅱ.①李… Ⅲ.①话本小说—中国—清代
Ⅳ.① I242.3

中国版本图书馆 CIP 数据核字（2022）第 228999 号

无声戏

（清）李渔　著

出版发行	浙江古籍出版社	
	（杭州体育场路 347 号　电话：0571-85176986）	
责任编辑	徐晓玲	
责任校对	吴颖胤	
装帧设计	刘昌凤	
责任印务	楼浩凯	
照　排	杭州立飞图文制作有限公司	
印　刷	北京众意鑫成科技有限公司	
开　本	880×1230　1/32	
印　张	4.75	
字　数	160 千字	
版　次	2023 年 1 月第 1 版	
印　次	2023 年 1 月第 1 次印刷	
书　号	ISBN 978-7-5540-2459-1	
定　价	59.80 元	

出版说明

　　《无声戏》是李渔第一次移家杭州时所作。当时是分初集、二集两次梓行的，时间大约在顺治十三年（1656）前后。初集即本书所收的《无声戏》十二篇小说；二集已佚，散见于后出的合刻本或选刻本中。

　　李渔（1611—1680），初名仙侣，后改名渔，字谪凡，号笠翁。浙江金华人。明末清初文学家、戏曲家。十八岁补博士弟子员，在明代中过秀才，入清后无意仕进，从事著述和指导戏剧演出。后居南京，把居所命名为"芥子园"，并开设书铺，编刻图籍，广交达官贵人、文坛名流。著有戏剧《凰求凤》《玉搔头》等，小说《肉蒲团》《觉世名言十二楼》《无声戏》《连城璧》等，另还有《闲情偶寄》等书。

　　《无声戏》之名，取于"有声戏"，即戏曲相反之意，意在描绘一出出人生舞台上的活剧。其中所收录的故事大都是百姓喜闻乐见的民间传闻，涉及社会生活的各方各面，士、农、工、商，无所不包。李渔自己说："窃怪传奇一书，昔人以代木铎。因愚夫愚妇识字知书者少，劝使为善，诫使勿恶，其道无由，故设此种文词，借优人说法，与大家齐听。谓善者如此收场，不善者如此结果，使人知趋避，是药入寿世之方，救苦驱灾之具也。"可见作者对于这些民间故事的采择利用是有其鲜明目的的。惩恶劝善则是这部小说集的基本主题之一。总之，书中几乎每一篇小说都有些寄寓，而且有的还非常深刻。

　　本书以日本尊经阁文库所藏《无声戏》刻本（十二回）为底本，此外，还校以北京大学图书馆所藏《无声戏合集》（残存二回）。另，书中十二幅插图为原书所有。

序

文章经千百世而不磨者，未尝以时为高下。然亦有十余年之间难易相去霄壤者，如今日之小说是矣。

万历以来，大人先生享承平之福，言及一夫作难，则震畏恐怖，不敢置对。向不更事者，夺其魄易，而醉其心亦易。若今日童稚妇女，举亘古一见再见之事而习见之，犹人目击阿房之盛，而著小说者，将夸海市以耸其听，岂可得乎？若以劝戒言之，则人有非高庙玉环不盗、非长陵抔土不取者，虽孔子居其前、《春秋》列其侧尚无可如何，乃欲救之以小说，夫谁信之？

而《无声戏》不然，其大旨谓世之所处，多逆而少顺。就才貌言之，亦易见而足恃矣。若以为必售之资，即位兼将相，宠冠嫔御，而志犹未足；若以为必不售之资，则汾阳回銮灵武与武穆抱痛临安，文姬身返汉廷与明妃恨留青冢，死败者理之常，而生成者事之变也。能明此义，虽冶容果堪绝代，赤手自挽银河，一旦画图省识，琵琶遣行，蜚语惊闻，弧矢夕陨，正当抢地呼天之际，尚以此作火宅中清凉饮子；况生宇宙熙恬之日附翼攀鳞者，酬金不寒带砺之盟，锦袍得拜歌舞之赐，睹此持盈守正，免于祸患者哉。

如是则《说难》可废，以为戏可，即以为《春秋》诸传亦可。

伪斋主人漫题

目 录

第一回　丑郎君怕娇偏得艳

诗云：

> 天公局法乱如麻，十对夫妻九配差。
>
> 常使娇莺栖老树，惯教顽石伴奇花。
>
> 合欢床上眠仇侣，交颈帏中带软枷。
>
> 只有鸳鸯无错配，不须梦里抱琵琶。

这首诗单说世上姻缘一事，错配者多，使人不能无恨。这种恨与别的心事不同，别的心事可以说得出，医得好，惟有这桩心事，叫做哑子愁、终身病，是说不出、医不好的。若是美男子娶了丑妇人，还好到朋友面前去诉诉苦，姊妹人家去遣遣兴，纵然改正不得，也还有个婆妾讨婢的后门。只有美妻嫁了丑夫，才女配了俗子，只有两扇死门，并无半条生路，这才叫做真苦。古来"红颜薄命"四个字已说尽了，只是这四个字，也要解得明白，不是因他有了红颜，然后才薄命，只为他应该薄命，所以才罚做红颜。但凡生出个红颜妇人来，就是薄命之坯了，那里还有好丈夫到他嫁，好福分到他享？

当初有个病人，死去三日又活转来，说曾在地狱中看见阎王升殿，鬼判带许多恶人听他审录。他逐个酌其罪之轻重，都罚他变猪变狗、变牛变马去了，只有一个极恶之人，没有甚么变得，阎王想了一会，点点头道："罚你做一个绝标致的妇人，嫁一个极丑陋的男子，夫妻都活百岁，将你禁锢终身，才准折得你的罪孽。"那恶人只道罪重罚轻，欢欢喜喜地去了。判官问道："他的罪案如山，就变做猪狗牛马，还不足以尽其辜，为何反得这般美报？"阎王道："你那里晓得，猪狗牛马虽是个畜生，倒落得无知无识，受别人豢养终身，不多几年，便可超生转世；就是临死受刑，也不过是一刀之苦。那妇人有了绝标致的颜色，一定乖巧聪明，心高志大，要想嫁潘安、宋玉一般的男子。及至配了个愚丑丈夫，自然心志不遂，终日忧煎涕泣，度日如年，不消人去磨他，他自己会磨自己了。若是丈夫先死，他还好去改嫁，不叫做禁锢终身；就使他自己短命，也不过像猪狗牛马，拼受一刀一索之苦，依旧可以超生转世，也不叫做禁锢终身；我如今教他偕老百年，一世受别人几世的磨难，这才是惩奸治恶的极刑，你们那里晓得？"

看官，照阎王这等说来，红颜果是薄命的根由，薄命定是红颜的结果，那哑子愁自然是消不去、终身病自然是医不好的了？我如今又有个消哑子愁、医终身病的法子，传与世上佳人，大家都要紧记。这个法子不用别的东西，就用"红颜薄命"这一句话做个四字金丹。但凡妇人家生到十二三岁的时节，自己把镜子照一照，若还眼大眉粗，发黄肌黑，这就是第一种恭喜之兆了。将来决有十全的丈夫，不消去占卜；若有二三分姿色，还有七八分的丈夫可求；若有五六分的姿色，就只好三四分的丈夫了；万一姿色到了七分八分、九分十分，又有些聪明才技，就要晓得是个薄命之坯，只管打点去嫁第一等、第一名的愚丑丈夫，时时刻刻以此为念。看见才貌俱全的男子，晓得不是自己的对头，眼睛不消偷觑，心上不消妄想，预先这等磨炼起来。及至嫁到第一等、第一名的愚丑丈夫，只当逢其故主，自然贴意安心，那阎罗王的极刑自然受不着了。若还侥幸嫁着第二三等、第四五名的愚丑丈夫，就是出于望外，不但不怨恨，还要欢喜起来了。人人都用这个法子，自然心安意遂，宜室宜家，哑子愁也不生，终身病也不害，没有死路，只有生门，这"红颜薄命"的一句话岂不是四字金丹？做这回小说的人，就是妇人科的国手了。奉劝世间不曾出阁的闺秀，服药于未病之先；已归金屋的阿娇，收功于瞑眩之后，莫待病入膏肓，才悔逢医不早。我如今再把一桩实事演做正文，不像以前的话出于阎王之口，入于判官之耳，死去的病人还魂说鬼，没有见证的。

明朝嘉靖年间，湖广荆州府有个财主，姓阙字里侯。祖上原以忠厚起家，后来一代富似一代，到他父亲手里，就算荆州第一个富翁。只是一件，但出有才之贝，不出无贝之才，莫说举人进士挣扎不来，就是一顶秀才头巾，也像平天冠一般，承受不起。里侯自六岁上学，读到十七八岁，刚刚只会记账，连拜帖也要央人替写。内才不济也罢了，那个相貌，一发丑得可怜。凡世上人的恶状，都合来聚在他一身，半件也不教遗漏。好事的就替他取个别号，叫做"阙不全"。为甚么取这三个字？只因他五官四肢，都带些毛病，件件都阙，件件都不全阙，所以叫做"阙不全"。那几件毛病？

眼不叫做全瞎，微有白花；面不叫做全疤，但多紫印；手不叫做全秃，指甲寥寥；足不叫做全跛，脚跟点点；鼻不全赤，依稀略见酒糟痕；发不全黄，朦胧稍有沉香色；口不全吃，急中言常带双声；背不全驼，颈后肉但高一寸；还有一张歪不全之口，忽动忽静，暗中似有人提；更余两道出不全之眉，或断或连，眼上如经樵采。

古语道得好："福在丑人边。"他这等一个相貌，享这样的家私，也够得紧了。谁想他的妻子，又是个绝代佳人。父亲在日，聘过邹长史之女，此女系长史婢妾所生，结亲之时，才四五岁，长史只道一个通房之女，许了鼎富之家，做个财主婆也罢了，何必定要想诰命夫人？所以一说便许，不问女婿何如。谁想长大来，竟替爷娘争气不过。他的姿貌虽则风度嫣然，有仙子临凡之致，也还不叫做倾国倾城；独有那种聪明，可称绝世。垂鬌的时节，与兄弟同学读书，别人读一行，他读得四五行，先生讲一句，他悟到十来句。等到将次及笄，不便从师的时节，他已青出于蓝，也用先生不着了。写得一笔好字，画得一手好画，只因长史平日以书画擅长，他立在旁边看看，就学会了，写画出来竟与父亲无异，就做了父亲的捉刀人，时常替他代笔。后来长史游宦四方，将他带在任所。及至任满还乡，阙里侯又在丧中，不好婚娶。等到三年服阕，男女都已二十外了。长史当日许亲之时，不料女儿聪明至此，也不料女婿愚丑至此。直到这个时候，方才晓得错配了姻缘，却已受聘在先，悔之不及。邹小姐也只道财主人家儿子，生来定有些福相，决不至于鳅头鼠脑。那"阙不全"的名号，家中个个晓得，单瞒得他一人。

　　里侯服满之后，央人来催亲，长史不好回得，只得凭他迎娶过门。成亲之夜，拜堂礼毕，齐入洞房。里侯是二十多岁的新郎，见了这样妻子，那里用得着软款温柔，连合卺杯也等不得吃，竟要扯他上床。只是自己晓得容貌不济，妻子看见定要做作起来，就趁他不曾抬头，一口气先把灯吹灭了，然后走近身去，替他解带宽衣。邹小姐是赋过摽梅的女子，也肯脱套，不消得新郎死拖硬扯，顺手带带也就上床。虽然是将开之蕊，不怕蜂钻，究竟是未放之花，难禁蝶采。摧残之际，定有一番狼藉，女人家这种磨难，与小孩子出痘一般，少不得有一次的，这也不消细说。只是云收雨散之后，觉得床上有一阵气息，甚是难闻。邹小姐不住把鼻子乱嗅，疑他床上有臭虫，那里晓得里侯身上，又有三种异香，不消烧沉檀、点安息，自然会从皮里透出来的。那三种？口气、体气、脚气。邹小姐闻见的是第二种，俗语叫做狐臊气。那口里的因他自己藏拙，不敢亲嘴，所以不曾闻见。脚上的因做一头睡了，相去有风马牛之隔，所以也不曾闻见。邹小姐把被里闻一闻，又把被外闻一闻，觉得被外还略好些，就晓得是他身上的原故了，心上早有三分不快。只见过了一会，新郎说起话来，那口中的秽气对着鼻子直喷，竟像吃了生葱大蒜的一般。邹小姐的鼻子是放在香炉上过世的，那里当得这个熏法？一霎时心翻意倒起来，欲待起来呕唾，又怕新郎知道嫌他，不是做新人的厚道，只得拼命忍住，忍得他睡着了，流水爬到脚头去睡。谁想他的尊足与尊口也差不多，躲了死尸，撞着臭鲞，弄得个进退无门。坐在床上思量道："我这等一个精洁之人，嫁着这等一个污秽之物，分明是苏合遇了蜣螂，这一世怎么腌臜得过？我昨日拜堂的时节，只因怕羞不敢抬头，不曾看见他的面貌；若是面貌可观，就是身上有些气息，我拼得用些水磨工夫，把他刮洗出来，再做几个香囊与他佩带，或者也还掩饰得过。万一面貌再不济，我这一生一世怎么了？"思量到此，巴不得早些天明，好看他的面孔。谁想天也替他藏拙，黑魈魈的再不肯亮。等得精神倦怠，不觉睡去，忽然醒来，却已日上三竿，照得房中雪亮。里侯正睡到好处，谁想有人在帐里描他的睡容，邹小姐把他脸上一看，吓得大汗直流，还疑心不曾醒来，在梦中见鬼，睁开眼睛把各处一相，才晓得是真，就放声大哭起来。里侯在梦中惊醒，只说他思想爷娘，就坐起身来，把一只粗而且黑的手臂搭着他腻而且白的香肩，劝他耐烦些，不要哭罢。谁想越劝得慌，他越哭得狠，直等里侯穿了衣服，走出房去，冤家离了眼前方才歇息一会；等得走进房来，依旧从头哭起。从此以后，虽则同床共枕，犹如带锁披枷，憎嫌丈夫的意思，虽不好明说出来，却处处示之以意。

里侯家里另有一所书房，同在一宅之中，却有彼此之别。邹小姐看在眼里，就瞒了里侯，教人雕一尊观音法像，装金完了，请到书房。待满月之后，拣个好日，对里侯道："我当初做女儿的时节，一心要皈依三宝，只因许了你家，不好祝发。我如今替你做了一月夫妻，缘法也不为不尽，如今要求你大舍慈悲，把书房布施与我，改为静室，做个在家出家。我从今日起，就吃了长斋，到书房去独宿，终日看经念佛，打坐参禅，以修来世。你可另娶一房，当家生子。随你做小做大，我都不管，只是不要来搅我的清规。"说完，跪下来拜了四拜，竟到书房去了。

里侯劝他又不听，扯他又不住，等到晚上，只得携了枕席，到书房去就他。谁想他把门窗扇都封锁了，犹如坐关一般，只留一个丫鬟在关中服侍。里侯四顾彷徨，无门可入，只得转去独宿一宵。到次日，接了丈人丈母进去苦劝，自己跪在门外哀求，怎奈他立定主意，并不回头。过了几时，里侯善劝劝不转，只得用恶劝了。吩咐手下人不许送饭进去，他饿不过自然会钻出来。谁想邹小姐求死不得，情愿做伯夷、叔齐，一连饿了两日，全无求食之心。里侯恐怕弄出人命来，依旧叫人送饭。一日立在门外大骂道："不贤慧的淫妇！你看甚么经？念甚么佛？修甚么来生？无非因我相貌不好，本事不济，不能够遂你的淫心，故此在这边装腔使性。你如今要称意不难，待我卖你去为娼，立在门前，只拣中意的扯进去睡就是了。你说你是个小姐，又生得标致，我是个平民，又生得丑陋，配你不来么？不是我夸嘴说，只怕没有银子，若拼得大主银子，就是公主西施，也娶得来！你办眼睛看我，我偏要娶个人家大似你的、容貌好似你的回来，生儿育女，当家立业。你那时节不要懊悔！"邹小姐并不回言，只是念佛。

里侯骂完了，就去叫媒婆来吩咐，说要个官宦人家女儿，又要绝顶标致的，竟娶作正，并不做小。只要相得中意，随他要多少财礼，我只管送。就是媒钱也不拘常格，只要遂得意来，一个元宝也情愿谢你。自古道："重赏之下，必有勇夫。"只因他许了元宝谢媒，那些走千家的妇人，不分昼夜去替他寻访，第三日就来回复道："有个何运判的小姐，年方二八，容貌赛得过西施。因他父亲坏了官职，要凑银子寄到任上去完赃，目下正要打发女儿出门，财礼要三百金，这是你出得起的。只是何夫人要相相女婿，方才肯许；又要与大娘说过，他是不肯做小的。"里侯道："两件都不难。我的相貌其实不扬，他看了未必肯许，待我央个朋友做替身，去把他相就是了；至于做大一事，一发易处。你如今就进关去对那泼妇讲，说有个绝标致的小姐要来作正，你可容不容？万一吓得他回心，我就娶不成那一个也只当重娶了这一个，一样把媒钱谢你。"那媒婆听了，情愿趁这主现成媒钱，不愿做那桩欺心交易，就拿出苏秦、张仪的舌头来进关去做说客。谁想邹小姐巴不得娶来作正，才断得他的祸根，若是单单做小，目下虽然捉生替死，只怕久后依旧要起死回生。就在佛前发誓道："我若还想在阚家做大，教我万世不得超升。"媒婆知道说不转，出去回复里侯，竟到何家作伐。

约了一个日子，只说到某寺烧香，那边相女婿，这边相新人。到那一日，里侯央一个绝标致的朋友做了自己，自己反做了帮闲，跟去偷相，两个预先立在寺里等候。那小姐随着夫人，却像行云出岫，冉冉而来，走到面前，只见他：

> 眉弯两月，目闪双星。摹拟金莲，说三寸，尚无三寸；批评花貌，算十分，还有十分。拜佛时，屈倒蛮腰，露压海棠娇着地；拈香处，伸开纤指，烟笼玉笋细朝天。立下风，暗嗅肌香，甜净居麝兰之外；据上游，俯观发采，氤氲在云雾之间。诚哉绝世佳人，允矣出尘仙子！

里侯看见，不觉摇头摆尾，露出许多欢欣的丑态。自古道："两物相形，好丑愈见。"那朋友原生得齐整，又加这个傀儡立在身边，一发觉得风流俊雅。何夫人与小姐见了，有甚么不中意？当晚就允了。

里侯随即送聘过门，选了吉日，一样花灯彩轿，娶进门来。进房之后，何小姐斜着星眸，把新郎觑了几觑，可怜两滴珍珠，不知不觉从秋波里泻下来。里侯知道又来撒了，心上思量道："前边那一个只因我进门时节娇纵了他，所以后来不受约束。古语道：'三朝的新妇，月子的孩儿，不可使他弄惯。'我的夫纲，就要从今日整起。"主意定了，就叫丫鬟拿合卺杯来，斟了一杯送过去。何小姐笼着双手，只是不接。里侯道："交杯酒是做亲的大礼，为甚么不接？我头一次送东西与你，就是这等装模作样，后来怎么样做人家？还不快接了去！"何小姐心上虽然怨恨，见他的话说得正经，只得伸手接来放在桌上。从来的合卺杯不过沾一沾手，做个意思，后来原是新郎代吃的。里侯只因要整夫纲，见他起先不接，后来听了几句硬话就接了去，知道是可以威制的了，如今就当真要他吃起来。对一个丫鬟道："差你去劝酒，若还剩一滴，打你五十皮鞭！"丫鬟听见，流水走去，把杯递与何小姐。小姐拿便拿了，只是不吃。里侯又叫一个丫鬟去验酒，看干了不曾。丫鬟看了来回复道："一滴也不曾动。"里侯就怒起来，叫劝酒的过来道："你难道是不怕家主的么！自古道：'拿我碗，服我管。'我有银子讨你来，怕管你不下！要你劝一盅酒都不肯依，后来怎么样差你做事！"叫验酒的扯下去重打五十，"打轻一下，要你赔十下"！验酒的怕连累自己，果然一把拖下去，拿了皮鞭，狠狠地打。何小姐明晓得他打丫鬟惊自己，肚里思量道："我今日落了人的圈套，料想不能脱身，不如权且做个软弱之人，过了几时，拼得寻个自尽罢了。总是要死的人，何须替他嘔气？"见那丫鬟打到苦处，就止住道："不要打，我吃就是了。"里侯见他畏怯，也就回过脸来，叫丫鬟换一杯热酒，自己送过去。何小姐一来怕嘔气，二来因嫁了匪人，愤恨不过，索性把酒来做对头，接到手，两三口就干了。里侯以为得计，喜之不胜，一杯一杯，只管送去。何小姐量原不高，三杯之后，不觉酩酊。里侯慢橹摇船，来捉醉鱼，这晚成亲，比前番吹灭了灯，暗中摸索的光景，大不相同。何小姐一来酒醉，二来打点一个死字放在胸中，竟把身子当了尸骸，连那三种异香闻来也不十分觉察。受创之后，一觉直睡到天明。

次日起来，梳过了头，就问丫鬟道："我闻得他预先娶过一房，如今为何不见？"丫鬟说："在书房里看经念佛，再不过来的。"何小姐又问："为甚么就去看经念佛起来？"丫鬟道："不知甚么原故，做亲一月，就发起这个愿来，家主千言万语，再劝不转。"何小姐就明白了。到晚间睡的时节，故意欢欢喜喜，对里侯道："闻得邹小姐在那边看经，我明日要去看他一看，你心下何如？"里侯未娶之先，原在他面前说了大话，如今应了口，巴不得把何小姐送去与他看看，好骋自己的威风。就答应道："正该如此。"

却说邹小姐闻得他娶了新人，又替自家欢喜，又替别人担忧，心上思量道："我有鼻子，别人也有鼻子；我有眼睛，别人也有眼睛。只除非与他一样奇丑奇臭的才能够相视莫逆；若是稍有几分颜色略知一毫香臭的人，难道会相安无事不成？"及至临娶之时，预先叫几个丫鬟摆了塘报，"看人物好不好，性子善不善，两下相投不相投，有话就来报我"。只见娶进门来，头一报说他人物甚是标致；第二报说他与新郎对坐饮酒，全不推辞；第三报说他两个吃得醉醺醺地上床，安稳睡到天明，如今好好在那边梳洗。邹小姐大惊道："好涵养，好德性，女中圣人也，我一千也学他不来。"只见到第三日，有个丫鬟拿了香烛毡单，预先来知会道："新娘要过来拜佛，兼看大娘。"邹小姐就叫备茶伺候。不上一刻，远远望见里侯携了新人的手，摇摇摆摆而来，把新人送入佛堂，自己立在门前看他拜佛；又一眼相着邹小姐，看他气不气。谁想何小姐对着观音法座，竟像和尚尼姑拜忏的一般，合一次掌，跪下去磕一个头，一连合三次掌，磕三个头，全不像妇人家的礼数。里侯看见，先有些诧异了。又只见他拜完了佛，起来对着邹小姐道："这位就是邹师父么？"丫鬟道："正是。"何小姐道："这等，师父请端坐，容弟子稽首。"就扯一把椅子，放在上边，请邹小姐坐了好拜。邹小姐不但不肯坐，连拜也不教他拜。正在那边扯扯曳曳，只见里侯嚷起来道："胡说！他只因没福做家主婆，自己贬入冷宫，原说娶你来作正的，如今只该姊妹相称，那有拜他的道理？好没志气！"何小姐应道："我今日是徒弟拜师父，不是做小的拜大娘，你不要认错了主意。"说完，也像起先拜佛一般，和南了三次，邹小姐也依样回他。拜完了，两个对面坐下，才吃得一杯茶，何小姐就开谈道："师父在上，弟子虽是俗骨凡胎，生来也颇有善愿，只因前世罪重孽深，今生堕落奸人之计，如今也学师父猛省回头，情愿拜为弟子，陪你看经念佛，半步也不敢相离。若有人来缠扰弟子，弟子拼这个臭皮囊去结识他，也落得早生早化。"邹小姐道："新娘说差了。我这修行之念，蓄之已久，不是有激而成的。况且我前世与阙家无缘，一进门来就有反目之意，所以退居静室，虚左待贤。闻得新娘与家主相得甚欢，如今正是新婚燕尔的时候，怎么说出这样不情的话来？我如今正喜得了新娘，可保得耳根清净，若是新娘也要如此，将来的静室竟要变做闹场了，连三宝也不得相安，这个断使不得。"说完，立起身来，竟要送他出去。何小姐那里肯走！

里侯立在外边，听见这些说话，气得浑身冰冷。起先还疑他是套话，及至见邹小姐劝他不走，才晓得果是真心，就气冲冲地骂进来道："好淫妇！才走得进门，就被人过了气。为甚么要赖在这边？难道我身上是有刺的么？还不快走！"何氏道："你不要做梦，我这等一个如花似玉的人，与你这个魑魅魍魉宿了两夜，也是天样大的人情，海样深的度量，就跳在黄河里洗一千个澡，也去不尽身上的秽气，你也够得紧了。难道还想来玷污我么？"里侯以前虽然受过邹小姐几次言语，却还是绵里藏针、泥中带刺的话，何曾骂得这般出像？况且何小姐进门之后，屡事小心，教举杯就举杯，教吃酒就吃酒，只说是个搓得圆捏得扁的了，到如今忽然发起威来，处女变做脱兔，教里侯怎么忍耐得起？何小姐不曾数说得完，他就预先捏了拳头伺候，索性等他说个尽情，然后动手。到此时，不知不觉何小姐的青丝细发已被他揪在手中，一边骂一边打，把邹小姐吓得战战兢兢。只说这等一个娇皮细肉的人，怎经得铁槌样的拳头打起？只得拼命去扯。谁想骂便骂得重，打却打得轻，势便做得凶，心还使得善，打了十几个空心拳头，不曾有一两个到他身上，就故意放松了手，好等他脱身，自己一边骂，一边走出去了。

何小姐挣脱身子，号咷痛哭。大底妇人家的本色，要在那张惶急遽的时节方才看得出来，从容暇豫之时，那一个不会做些娇声，装些媚态？及至检点不到之际，本相就要露出来了。何小姐进门拜佛之时，邹小姐把他从头看到脚底，真是袅娜异常。头上的云髻大似冰盘，又且黑得可爱，不知他用几子头篦，方才衬贴得来？及至此时被里侯揪散，披将下去，竟与身子一般长，要半根假发也没有。至于哭声，虽然激烈，却没有一毫破笛之声；满面都是啼痕，又洗不去一些粉迹。种种愁容苦态，都是画中的妩媚，诗里的轻盈，无心中露出来的，就是有心也做不出。邹小姐口中不说，心上思量道："我常常对镜自怜，只说也有几分姿色了，如今看了他，真是珠玉在前，令人形秽。这样绝世佳人，尚且落于村夫之手，我们一发是该当的了。"想了一会，就竭力劝住，教他重新梳起头来。两个对面谈心，一见如故。到了晚间，里侯叫丫鬟请他不去，只得自己走来负荆，唱喏下跪，叫姐呼娘，桩桩丑态都做尽，何小姐只当不知。后来被他苦缠不过，袖里取出一把剃鬓刀，竟要刎死。里侯怕弄出事来，只得把他交与邹小姐，央泥佛劝土佛，若还掌印官委不来，少不得还请你旧官去复任。

却说何小姐的容貌，果然比邹小姐高一二成，只是肚里的文才，手中的技艺，却不及邹小姐万分之一。从他看经念佛，原是虚名；学他写字看书，倒是实事。何爱邹之才，邹爱何之貌，两个做了一对没卵夫妻，阙里侯倒睁着眼睛在旁边吃醋。熬了半年，不见一毫生意，心上思量道："看这光景，两个都是养不熟的了，他们都守活寡，难道教我绝嗣不成？少不得还要娶一房，叫做三遭为定。前面那两个原怪他不得；一个才思忒高，一个容貌忒好，我原有些配他不来，如今做过两遭把戏，自己也明白了，以后再讨，只去寻那一字不识、粗粗笨笨的，只要会做人家，会生儿子就罢了，何须弄那上书上画的，来磨灭自己？"算计定了，又去叫媒婆吩咐。媒婆道："要有才有貌的便难，若要老实粗笨的何须寻得？我肚里尽有。只是你这等一分大人家，也要有些福相、有些才干才承受得起。如今袁进士家现有两个小要打发出门，一个姓周，一个姓吴。姓周的极有福相、极有才干，姓吴的又有才、又有貌，随你要那一个就是。"里侯道："我被有才有貌的弄得七死八活，听见这两个字也有些头疼，再不要说起，竟是那姓周的罢了。只是也要过过眼，才好成事。"媒婆道："这等我先去说一声，明日等你来相就是。"两个约定，媒人竟到袁家去了。

却说袁家这两个小，都是袁进士极得意的。周氏的容貌虽不十分艳丽，却也生得端庄，只是性子不好，一些不遂意就要寻死寻活。至于姓吴的那一个，莫说周氏不如他，就是阙家娶过的那两位小姐，有其才者无其貌，有其貌者无其才，只除非两个并做一个，方才敌得他来。袁进士的夫人性子极妒，因丈夫宠爱这两个小，往常嗔气不过，如今乘丈夫进京去谒选，要一齐打发出门，以杜将来之祸。听见阙家要相周氏，又有个打抽丰的举人要相吴氏，袁夫人不胜之喜，就约明日一齐来相。里侯因前次央人央坏了事，这番并不假借，竟是自己亲征。次日走到袁家，恰好遇着打抽丰的举人相中了吴氏出来，闻得财礼已交，约到次日来娶。里侯道："举人拣的日子自然不差，我若相得中，也是明日罢了。"及至走入中堂，坐了一会，媒婆就请周氏出来，从头至脚任凭检验。男相女固然仔细，女相男也不草草，周氏把里侯睃了两眼，不觉变下脸来，气冲冲地走进去了。媒婆问里侯中意不中意，里侯道："才干虽看不出，福相是有些的，只是也还嫌他标致，再减得几分姿色便好。"媒婆道：

"乡宦人家既相过了,不好不成,劝你将就些娶回去罢。"里侯只得把财礼交进,自己回去,只等明日做亲。

却说周氏往常在家,听得人说有个姓阙的财主,生得奇丑不堪,有"阙不全"的名号。周氏道:"我不信一个人身上就有这许多景致,几时从门口经过,教我们出去看看也好。"这次媒人来说亲,只道有个财主要相,不说姓阙不姓阙,奇丑不奇丑,及至相的时节,周氏见他身上脸上景致不少,就有些疑心起来,又不好问得,只把媒婆一顿臭骂说:"阳间怕没有人家,要到阴间去领鬼来相?"媒人道:"你不要看错了,他就是荆州城里第一个财主,叫做阙里侯,没有一处不闻名的。"周氏听见,一发颠作起来道:"我宁死也不嫁他,好好把财礼退去!"袁夫人道:"有我做主,莫说这样人家,就是叫化子,也不怕你不去!"周氏不敢与大娘对口,只得忍气吞声进房去了。

天下不均匀的事尽多。周氏在这边有苦难伸,吴氏在那边快活不过。相他的举人年纪不上三十岁,生得标致异常,又是个有名的才子,吴氏平日极喜看他诗稿的,此时见亲事说成,好不得意,只怪他当夜不娶过门,百岁之中少了一宵恩爱,只得和衣睡了一晚。熬到次日,绝早起来梳妆,不想那举人差一个管家押媒婆来退财礼,说昨日来相的时节,只晓得是个乡绅,不曾问是那一科进士,及至回去细查齿录,才晓得是他父亲的同年,岂有年侄娶年伯母之理?夫人见他说得理正,只得把财礼还他去了。吴氏一天高兴扫得精光,白白梳了一个新妇头,竟没处用得着。

停一会,阙家轿子到了,媒婆去请周氏上轿,只见房门紧闭,再敲不开。媒婆只说他做作,请夫人去发作他。谁想敲也不开,叫也不应,及至撬开门来一看,可怜一个有福相的妇人,变做个没收成的死鬼,高高挂在梁上,不知几时吊杀的。夫人慌了,与媒婆商议道:"我若打发他出门,明日老爷回来,不过嗔一场小气;如今逼死人命,将来就有大气嗔了,如何了得?"媒婆道:"老爷回来,只说病死的就是。他难道好开棺检尸不成?"夫人道:"我家里的人别个都肯隐瞒,只有吴氏那个妖精,那里闭得他的口住?"媒婆想了一会道:"我有个两全之法在此。那边一头,女人要嫁得慌,男子又不肯娶;这边一头,男子要娶,女人又死了没得嫁。依我的主意,不如待我去说一个谎,只说某相公又查过了,不是同年,如今依旧要娶,他自然会钻进轿去,竟把他做了周氏嫁与阙家。阙家聘了丑的倒得了好的,难道肯退来还你不成?就是吴氏到了那边,虽然出轿之时有一番惊吓,也只好肚里咒我几声,难道好跑回来与你说话不成？替你除了一个大害，又省得他后来学嘴，岂不两便？"夫人听见这个妙计，竟要欢喜杀来，就催媒婆去说谎。吴氏是一心要嫁的人，听见这句话，那里还肯疑心，走出绣房，把夫人拜了几拜，头也不回，竟上轿子去了。

及至抬到阙家，把新郎一看，全然不是昨日相见的，他是个绝顶聪明之人，不消思索，就晓得是媒婆与夫人的诡计了。心上思量道："既来之，则安之。只要想个妙法出来，保全得今夜无事，就可以算计脱身了。"只是低着头，思量主意，再不露一些烦恼之容。里侯昨日相那一个，还嫌他多了几分姿容，怕婆回来呵气，那晓得又被人调了包？出轿之时，新人反不十分惊慌，倒把新郎吓得魂不附体。心上思量道："我不信妇人家竟是会变的，只过得一夜，又标致了许多。我不知造了甚么孽障，触犯了天公，只管把这些好妇人来磨灭我。"正在那边怨天恨地，只见吴氏回过朱颜，拆开绛口，从从容容的问道："你家莫非姓阙么？"里侯回他："正是。"吴氏道："请问昨日那个媒人与你有甚么冤仇，下这样毒手来摆布你？"里侯道："他不过要我几两媒钱罢了，那有甚么冤仇？替人结亲是好事，也不叫做摆布我。"吴氏道："你家就有天大的祸事到了，还说不是摆布？"里侯大惊道："甚么祸事？"吴氏道："你昨日聘的是那一个，可晓得他姓甚么？"里侯道："你姓周，我怎么不晓得？"吴氏道："认错了，我姓吴，那一个姓周。如今姓周的被你逼死了，教我来替他讨命的。"里侯听见，眼睛吓得直竖，立起身来问道："这是甚么原故？"吴氏道："我与他两个都是袁老爷的爱宠，只因夫人妒忌，乘他出去选官，瞒了家主，要出脱我们。不想昨日你去相他，又有个举人来相我，一齐下了聘，都说明日来娶。我与周氏约定要替老爷守节，只等轿子一到，两个双双寻死。不想周氏的性子太急，等不到第二日，昨夜就吊死了。不知被那一个走漏了消息，那举人该造化，知道我要寻死，预先叫人来把财礼退了去。及至你家轿子到的时节，夫人教我来替他，我又不肯，只得也去上吊。那媒人来劝道：'你既然要死，死在家里也没用，阙家是个有名的财主，你不如嫁过去死在他家，等老爷回来也好说话。难道两条性命讨不得他一分人家？'故此我依他嫁过来，一则替丈夫守节，二则替周氏伸冤，三来替你讨一口值钱的棺木，省得死在他家，盛在几块薄板之中，后来抛尸露骨。"说完，解下束腰的丝绦，系在颈上，要自家勒死。

他不曾讲完的时节，里侯先吓得战战兢兢，手脚都抖散了，再见他弄这个圈套，怎不慌上加慌？就一面扯住，一面高声喊道："大家都来救命！"吓得那些家人婢仆没脚的赶来，周围立住，扯的扯劝的劝，使吴氏动不得手。里侯才跪下来道："吴奶奶，袁夫人，我与你前世无冤，今世无仇，为甚么上门来害我？我如今不敢相留，就把原轿送你转去，也不敢退甚么财礼，只求你等袁老爷回来，替我说个方便，不要告状，待我送些银子去请罪罢了。"吴氏道："你就送我转去，夫人也不肯相容，依旧要出脱我，我少不得是一死。自古道：'走三家不如坐一家。'只是死在这里的快活。"里侯弄得没主意，只管磕头，求他生个法子，放条生路。吴氏故意踌蹰一会儿，才答应道："若要救你，除非用个伏兵缓用之计，方才保得你的身家。"里侯道："甚么计较？"吴氏道："我老爷选了官，少不得就要回来，也是看得见的日子。你只除非另寻一所房屋，将我藏在里边，待他回来的时节，把我送上门去。我对他细讲，说周氏是大娘逼杀的，不干你事；你只因误听媒人的话，说是老爷的主意，才敢上门来相我；及至我过来说出原故，就不敢近身，把我养在一处，待他回来送还。他平素是极爱我的，见我这等说，他不但不摆布你，还感激你不尽，一些祸事也没有了。"里侯听见，一连磕了几个响头，方才爬起来道："这等不消别寻房屋，我有一所静室，就在家中，又有两个女人，可以做伴，送你过去安身就是。"说完，就叫几个丫鬟："快送吴奶奶到书房里去。"

却说邹、何两位小姐闻得他又娶了新人，少不得也像前番，叫丫鬟来做探子。谁想那些丫鬟听见家主喊人救命，大家都来济困扶危了，那有工夫去说闲话？两个等得寂然无声，正在那边猜谜，只见许多丫鬟簇拥一个爱得人杀的女子走进关来。先拜了佛，然后与二人行礼，才坐下来，二人就问道："今日是佳期，新娘为何不赴洞房花烛，却到这不祥之地来？"吴氏初进门，还不知这两个是姑娘、是姒娌，听了这句话，打头不应空，就答应道："供僧伽的所在，叫做福地，为甚么反说不祥？我此番原是来就死的，今晚叫做忌日，不是甚么佳期。二位的话，句句都说左了。"两个见他言语来得激烈，晓得是个中人了，再叙几句寒温，就托故起身，叫丫鬟到旁边细问。丫鬟把起先的故事说了一番，二人道："这等也是个脱身之计，只是比我们两个更做得巧些。"吴氏乘他问丫鬟的时节，也扯一个到背后去问："这两位是家主的甚么人？"丫鬟也把二人的来历说了一番。吴氏暗笑道："原来同是过来人，也亏他寻得这块避秦之地。"两边问过了，依旧坐拢来，就不像以前客气，大家把心腹话说做一堆，不但同病相怜，竟要同舟共济。邹小姐与他分韵联诗，得了一个

社友。何小姐与他同娇比媚，凑成一对玉人。三个就在佛前结为姊妹。过到后来，一日好似一日。

不多几时，闻得袁进士补了外官，要回来带家小上任。邹、何二位小姐道："你如今完璧归赵，只当不曾落地狱，依旧去做天上人了。只是我两个珠沉海底，今生料想不能出头，只好修个来世罢了。"吴氏道："我回去见了袁郎，赞你两人之才貌，诉你两人之冤苦，他读书做官的人，自然要动怜才好色之念，若有机会可图，我定要把你两个一齐弄到天上去，决不教你在此受苦。"二人口虽不好应得，心上也着得如此。又过几时，里侯访得袁进士到了，就叫一乘轿子，亲自送吴氏上门。只怕袁进士要发作他，不敢先投名帖，待吴氏进去说明，才好相见。吴氏见了袁进士，预先痛哭一场，然后诉苦，说大娘逼他出嫁，他不得不依，亏得阙家知事，许我各宅而居，如今幸得拨云见日。说完，扯住袁进士的衣袖，又悲悲切切哭个不了。只道袁进士回来不见了他，不知如何晦气；此时见了他，不知如何欢喜。谁想他在京之时，就有家人赶去报信，周氏、吴氏两番举动，他胸中都已了然。此时见吴氏诉说，他只当不闻；见吴氏悲哀，他只管冷笑；等他自哭自住，并不劝他。吴氏只道他因在前厅，怕人看见，不好露出儿女之态，就低了头朝里面走，袁进士道："立住了！不消进去。你是个知书识理之人，岂不闻覆水难收之事。你当初既要守节，为甚么不死？却到别人家去守起节来？你如今说与他各宅而居，这句话教我那里去查账？你不过因那姓阙的生得丑陋，走错了路头，故此转来寻我；若还嫁与那打抽丰的举人，我便拿银子来赎你，只怕也不肯转来了。"说了这几句，就对家人道："阙家可有人在外边？快叫他来领去。"家人道："姓阙的现在外面，要求见老爷。"袁进士道："请进来。"家人就去请里侯。里侯起先十分忧惧，此时听见一个"请"字，心上才宽了几分，只道吴氏替他说的方便，就大胆走进来与袁进士施礼。袁进士送了坐，不等里侯开口，就先说道："舍下那些不祥之事，学生都知道了。虽是妒妇不是，也因这两个淫妇各怀二心，所以才有媒人出去打合，兄们只道是学生的意思，所以上门来相他。周氏之死，是他自己的命限，与兄无干。至于吴氏之嫁，虽出奸媒的诡计，也是兄前世与他有些凤缘，所以无心凑合。学生如今并不怪兄，兄可速速领回去，以后不可再教他上门来坏学生的体面。"他一面说，里侯一面叫"青天"，说完，里侯再三推辞，说是"老先生的爱宠，晚生怎敢承受"？袁进士变下脸来道："你既晓得我的爱宠，当初就不该娶他；如今娶回去，过了这几时又送来还我，难道故意要羞辱我么？"里侯慌起来道："晚生怎么敢？就蒙老先生开恩，教晚生领去，怎奈他嫌晚生丑陋，不愿相从，领回去也要呕气。"袁进士就回过头去对吴氏道："你听我讲，自古道：'红颜薄命。'你这样的女人，自然该配这样的男子。若在我家过世，这句古语就不验了。你如今若好好跟他回去，安心贴意做人家，或者还会生儿育女，讨些下半世的便宜；若还吵吵闹闹，不肯安生，将来也不过像周氏，是个梁上之鬼。莫说死一个，就死十个，也没人替你伸冤。"说完，又对里侯道："阙兄请别，学生也不送了。"又着手拱一拱，头也不回，竟走了进去。吴氏还啼啼哭哭，不肯出门，当不得许多家人你推我曳，把他塞进轿子。起先威风凛凛而来，此时兴致索然而去。

到了阙家，头也不抬，竟往书房里走。里侯一把扯住道："如今去不得了。我起先不敢替你成亲，一则被你把人命吓倒，要保身家；二则见你试标致了些，恐怕呕气。如今尸主与凶身当面说过，只当批个执照来了，难道还怕甚么人命不成？就是容貌不相配些，方才黄甲进士亲口吩咐过了，美妻原该配丑夫，是黄金板上刊定的，没有甚么气呕得，请条直些走来成亲。"吴氏心上的路数往常是极多的，当不得袁进士五六句话把他路数都塞断了。如今并无一事可行，被他做个顺手牵羊，不响不动扯进房里去了。里侯这一晚成亲之乐，又比束缚醉人的光景不同，真是渐入佳境。从此以后，只怕吴氏要脱逃，竟把书房的总门锁了，只留一个转筒递茶饭过去。邹、何两位小姐与吴氏隔断红尘，只好在转筒边谈谈衷曲而已。

吴氏的身子虽然被他箝束住了，心上只是不甘，翻来覆去思量道："他娶过三次新人，两个都走脱了，难道只有我是该苦的？他们做清客，教我一个做蛆虫，定要生个法子去弄他们过来，大家分些臭气，就是三夜轮着一夜，也还有两夜好养鼻子。"算计定了，就对里侯道："我如今不但安心贴意，随你终身，还要到书房里去，把那两个负固不服的都替你招安过来，才见我的手段。"里侯道："你又来算计脱身了。不指望獐狍麋兔，只怕连猎狗也不得还乡，我被人骗过几次，如今再不到水边去放鳖了。"吴氏就罚咒道："我若骗你，教我如何如何！你明日把门开了，待我过去劝他，你一面收拾房间伺候，包你一拖便来。只是有句话要吩咐你，你不可不依，卧房只要三个，床铺却要六张。"里侯道："要这许多做甚么？"吴氏道："我老实对你说，你身上这几种气息，其实难闻，自古道'与人方便，自己方便'。等他们过来，大家做定规矩，一个房里一夜，但许同房不许共铺，只到要紧头上那一刻工夫，过来走走，闲空时节只是两床宿歇，这等才是个可久之道。"里侯听见，不觉大笑起来道："你肯说出这句话来，就不是个脱身之计了，这等——依从就是。"次日起来，早早把书房开了，一面收拾房间，一面教吴氏去做说客。

却说邹、何两位小姐见吴氏转来，竟与里侯做了服贴夫妻，过上许多时，不见一毫响动，两个虽然没有醋意，觉得有些懊悔起来。不是懊悔别的事，他道我们一个有才，一个有貌，终不及他才貌俱全，一个当两个的，尚且与他过得日子，我们半个头，与他嗔甚么气？当初那些举动，其实都是可以做、可以不做的。两个人都先有这种意思，吴氏的说客自然容易做了。这一日走到，你欢我喜，自不待说。讲了一会闲话，吴氏就对二人道："我今日过来，要讲个分上，你二位不可不听。"二人道："只除了一桩听不得的，其余无不从命。"吴氏道："听不得的听了，才见人情，容易的事，那个不会做？但凡世上结义的弟兄，都要有福同享，有苦同受，前日既蒙二位不弃，与我结了金石之盟，我如今不幸不能脱身，被他拘在那边受苦。你们都是尝过滋味的，难道不晓得？如今请你们过去，大家分些受受，省得磨死我一个，你们依旧不得安生。"二人道："你当初还说要超度我们上天，如今倒要扯人到地狱里去，亏你说得出口。"吴氏道："我也指望上天，只因有个人说这地狱该是我们坐的，被他点破了，如今也甘心做地狱中人。你们两个也与我一样，是天堂无分地狱有缘的，所以来拉你们去同坐。"就把袁进士劝他"红颜自然薄命，美妻该配丑夫"的话说了一遍，又道："他这些话说得一毫不差，二位若不信，只把我来比就是了。你们不曾嫁过好丈夫的，遇着这样人也还气得过；我前面的男子是何等之才，何等之貌，我若靠他终身，虽不是诰命夫人，也做个乌纱爱妾，尽可无怨了。怎奈大娘要逼我出去，媒人要哄我过来，如今弄到这个地步。这也罢了，那日来相我的人又是何等之才，何等之貌，我若嫁将过去，虽不敢自称佳人，也将配得才子，自然得意了。谁想他自己做不成亲，反替别人成了好事，到如今误得我进退无门。这等看起来，世间的好丈夫，再没得把与好妇人受用的，只好拿来试你一试，哄你一哄罢了。我和你若是一个两个错嫁了他，也还说是造化偶然之误，如今错到三个上，也不叫做偶然了；他若娶着一个两个好的，还说他没福受用，如今娶着三个都一样，也不叫做没福了。总来是你我前世造了孽障，故此弄这鬼魅变不全的人身到阳间来磨灭你我。如今大家认了晦气，去等他磨灭罢了。"

吴氏起先走到之时，先把他两个人的手一边捏住一只，后来却像与他闲步的一般，一边说一边走，说到差不多的时节，已到了书房门口两边交界之处了，无意之中把他一扯，两个人的身子已在总门之外，流水要回身进去，不想总门已被丫鬟锁了，这是吴氏预先做定的圈套。二人大惊道："这怎么使得？就要如此，也待我们商量酌议，想个长策出来，慢慢的回话，怎么捏人在拳头里，硬做起来？"吴氏道："不劳你们费心，长策我已想到了，闻香躲臭的家伙，都现现成成摆在那边，还你不即不离，决不像以前只有进气没有出气就是。"二人问甚么计策，吴氏又把同房各铺的话说了一遍，二人方才应允。

各人走进房去，果然都是两张床，中间隔着一张桌子，桌上又摆着香炉匙箸。里侯也会奉承，每一个房里买上七八斤速香，凭他们烧过日子，好掩饰自家的秽气。从此以后，把这三个女子当做菩萨一般烧香供养，除那一刻要紧工夫之外，再不敢近身去亵渎他。由邹而何，由何而吴，一个一夜，周而复始，任他自去自来，倒喜得没有醋吃。不上几年，三人各生一子。儿子又生得古怪，不像爷，只像娘，个个都娇皮细肉，又不消请得先生，都是母亲自教。以前不曾出过科第，后来一般也破天荒进学的进学，中举的中举，出贡的出贡。里侯只因相貌不好，倒落得三位妻子都会保养他，不十分肯来耗其精血，所以直活到八十岁才死。这岂不是美妻该配丑夫的实据？我愿世上的佳人把这回小说不时摆在案头，一到烦恼之时，就取来翻阅，说我的才虽绝高，不过像邹小姐罢了；貌虽极美，不过像何小姐罢了；就作两样俱全，也不过像吴氏罢了，他们一般也嫁着那样丈夫，一般也过了那些日子，不曾见飞得上天，钻得入地，每夜只消在要紧头上熬那一两刻工夫，况那一两刻又是好熬的。或者度得个好种出来，下半世的便宜就不折了。或者丈夫虽丑，也还丑不到阙不全的地步，只要面貌好得一两分，秽气少得一两种，墨水多得一两滴，也就要当做潘安、宋玉一般看承，切不可求全责备。

我这服金丹的诀窍都已说完了，药囊也要收拾了，随你们听不听不干我事，只是还有几句话，吩咐那些愚丑丈夫：他们嫁着你固要安心，你们娶着他也要惜福。要晓得世上的佳人，就是才子也没福受用的，我是何等之人，能够与他作配，只除那一刻要紧的工夫，没奈何要少加亵渎，其余的时节，就要当做菩萨一般烧香供养，不可把秽气熏他，不可把恶言犯他，如此相敬，自然会像阙里侯，度得好种出来了。切不可把这回小说做了口实，说这些好妇人是天教我磨灭他的，不怕走到那里去！要晓得磨灭好妇人的男子，不是你一个；磨灭好妇人的道路，也不是这一条。万一阎王不曾禁锢他终身，不是咒死了你去嫁人，就是弄死了他来害你，这两桩事都是红颜女子做得出的。阙里侯只因累世积德，自己又会供养佳人，所以后来得此美报。不然，只消一个袁进士翻转脸来，也就够他了。我这回小说也只是论姻缘的大概，不是说天下夫妻个个都如此。只要晓得美妻配丑夫倒是理之常，才子配佳人反是理之变。处常的要相安，处变的要谨慎。这一回是处常的了，还有一回处变的，就在下面，另有一般分解。

【评】

从来传奇小说，定以佳人配才子。一有嫁错者，即代生怨谤之声，必使改正而后已。使妖冶妇人见之，各怀二心以事其主，搅得世间夫妇不和，教得人家闺门不谨。作传奇小说者，尽该入阿鼻地狱。此书一出，可使天下无反目之夫妻，四海绝窥墙之女子，教化之功不在《周南》《召南》之下。岂可作小说观？这回小说救得人活，又笑得人死，作者竟操生杀之权。

第二回　美男子避惑反生疑

诗云：

> 从来廉吏最难为，不似贪官病可医。
> 执法法中生弊窦，矢公公里受奸欺。
> 怒棋响处民情抑，铁笔摇时生命危。
> 莫道狱成无可改，好将山案自推移。

这首诗是劝世上做清官的，也要虚衷舍己，体贴民情，切不可说"我无愧于天，无怍于人，就审错几桩词讼，百姓也怨不得我"这句话。那些有守无才的官府，个个拿来塞责，不知误了多少人的性命。所以怪不得近来的风俗，偏是贪官起身有人脱靴，清官去后没人尸祝，只因贪官的毛病有药可医、清官的过失无人敢谏的原故。说便是这等说，教那做官的也难，百姓在私下做事，他又没有千里眼、顺风耳，那里晓得其中的曲直？自古道："无谎不成状。"要告张状词，少不得无中生有、以虚为实才骗得准。官府若照状词审起来，被告没有一个不输的了。只得要审口供，那口供比状词更不足信。原、被告未审之先，两边都接了讼师，请了干证，就像梨园子弟串戏的一般，做官的做官，做吏的做吏，盘了又盘，驳了又驳，直说得一些破绽也没有，方才来听审。及至官府问的时节，又像秀才在明伦堂上讲书的一般，那一个不有条有理，就要把官府骗死也不难。那官府未审之先，也在后堂与幕宾串过一次戏了出来的。此时只看两家造化，造化高的合着后堂的生旦，自然赢了；造化低的合着后堂的净丑，自然输了，这是一定的道理。难道造化高的里面就没有几个侥幸的、造化低的里面就没有几个冤屈的不成？所以做官的人，切不可使百姓撞造化。我如今先说一个至公至明、造化撞不去的做个引子。

　　崇祯年间，浙江有个知县，忘其姓名。性极聪察，惯会审无头公事。一日在街上经过，有对门两下百姓争嚷。一家是开糖店的，一家是开米店的，只因开米店的取出一个巴斗量米，开糖店的认出是他的巴斗，开米店的又说他冤民做贼，两下争闹起来。见知县抬过，截住轿子齐禀。知县先问卖糖的道："你怎么讲？"卖糖的道："这个巴斗是小的家里的，不见了一年，他今日取来量米，小的走去认出来，他不肯还小的，所以禀告老爷。"知县道："巴斗人家都有，焉知不是他自置的？"卖糖的道："巴斗虽多，各有记认。这是小的用熟的，难道不认得？"说完，知县又叫卖米的审问。卖米的道："这巴斗是小的自己办的，放在家中用了几年，今日取出来量米，他无故走来冒认。巴斗事小，小的怎肯认个贼来？求老爷详察。"知县道："既是你自己置的，可有甚么凭据？"卖米的道："上面现有字号。"知县取上来看，果然有"某店置用"四字。又问他道："这字是买来就写的，还是用过几时了写的？"卖米的应道："买来就写的。"知县道："这桩事叫我也不明白，只得问巴斗了。巴斗，你毕竟是那家的？"一连问了几声，看的人笑道："这个老爷是痴的，巴斗那里会说话？"知县道："你若再不讲，我就要打了！"果然丢下两根签，叫皂隶重打，皂隶当真行起杖来。一街两巷的人几乎笑倒。打完了，知县对手下人道："取起来看下面可有甚么东西？"皂隶取过巴斗，朝下一看，回复道："地下有许多芝麻。"知县笑道："有了干证了。"叫那卖米的过来："你卖米的人家，怎么有芝麻藏在里面？这分明是糖坊里的家伙，你为何徒赖他的？"卖米的还支吾不认，知县道："还有个姓水的干证，我一发叫来审一审。这字若是买来就写的，过了这几年自然洗刷不去；若是后来添上去的，只怕就见不得水面了。"即取一盆水，一把笔帚，叫皂隶一顿洗刷，果然字都不见了。知县对卖米的道："论理该打几板，只是怕结你两下的冤仇。以后要财上分明，切不可如此。"又对卖糖的道："料他不是偷你的，或者对门对户借去用用，因你忘记取讨，他便久假不归。又怕你认得，所以写上几个字。这不过是贪爱小利，与逾墙挖壁的不同，你不可疑他作贼。"说完，两家齐叫青天，磕头礼拜，送知县起轿去了。那些看的人没有一个不张牙吐舌道："这样的人才不枉教他做官。"至今传颂以为奇事。

　　看官，要晓得这事虽奇，也还是小聪小察，只当与百姓讲个笑话一般，无关大体。做官的人既要聪明，又要持重，凡遇斗殴相争的小事，还可以随意判断。只有人命、奸情二事，一关生死，一关名节，须要静气虚心，详审复谳。就是审得九分九厘九毫是实，只有一毫可疑，也还要留些余地，切不可草草下笔，做个铁案如山，使人无可出入。如今的官府只晓得人命事大，说到审奸情，就像看戏文的一般，巴不得借他来燥脾胃。不知奸情审屈，常常弄出人命来，一事而成两害，起初那里知道？如今听在下说一个来，便知其中利害。

　　正德初年，四川成都府华阳县有个童生，姓蒋名瑜，原是旧家子弟。父母在日，曾聘过陆氏之女，只因丧亲之后，屡遇荒年，家无生计，弄得衣食不周，陆家颇有悔亲之意，因受聘在先，不好启齿。蒋瑜长陆氏三年，一来因手头乏钞，二来因妻子还小，故此十八岁上，还不曾娶妻过门。

　　他隔壁有个开缎铺的，叫做赵玉吾，为人天性刻薄，惯要在穷人面前卖弄家私，及至问他借贷，又分毫不肯。更有一桩不好，极喜谈人闺阃之事。坐下地来，不是说张家扒灰，就是说李家偷汉。所以乡党之内，没有一个不恨他的。年纪四十多岁，只生一子，名唤旭郎。相貌甚不济，又不肯长，十五六岁，只像十二三岁的一般。性子痴痴呆呆，不知天晓日夜。

　　有个姓何的木客，家资甚富。妻生一子，妾生一女，女比赵旭郎大两岁，玉吾因贪他殷实，两下就做了亲家。不多几时，何氏夫妻双双病故。彼时女儿十八岁了，玉吾要娶过门，怎奈儿子尚小，不知人事；欲待不娶，又怕他兄妹年相仿佛，况不是一母生的，同居不便。玉吾是要谈论别人的，只愁弄些话靶出来，把与别人谈论，就央媒人去说，先接过门，待儿子略大一大，即便完亲，何家也就许了。及至接过门来，见媳妇容貌又标致，性子又聪明，玉吾甚是欢喜。只怕嫌他儿子痴呆，把媳妇顶在头上过日，任其所欲，求无不与。那晓得何氏是个贞淑女子，嫁鸡逐鸡，全没有憎嫌之意。

　　玉吾家中有两个扇坠，一个是汉玉的，一个是迦楠香的，玉吾用了十余年，不住的吊在扇上，今日用这一个，明日用那一个，其实两件合来值不上十两之数，他在人前骋富，说值五十两银子。一日要买媳妇的欢心，教妻子拿去任他拣个中意的用。何氏拿了，看不释手，要取这个，又丢不得那个；要取那个，又丢不得这个。玉吾之妻道："既然两个都爱，你一总拿去罢了。公公要用，他自会买。"何氏果然两个都收了去，一般轮流吊在扇上。若有不用的时节，就将两个结在一处，藏在纸匣之中。玉吾的扇坠被媳妇取去，终日捏着一把光光的扇子，邻舍家问道："你那五十两头如今那里去了？"玉吾道："一向是房下收在那边，被媳妇看见，讨去用了。"众人都笑了一笑，内中也有疑他扒灰，送与媳妇做表记的。也有知道他儿子不中媳妇之意，借死宝去代活宝的，口中不好说出，只得付之一笑。玉吾自悔失言，也只得罢了。

却说蒋瑜因家贫，不能从师，终日在家苦读。书房隔壁就是何氏的卧房，每夜书声不到四更不住。一日何氏问婆道："隔壁读书的是个秀才，是个童生？"婆答应道："是个老童生，你问他怎的？"何氏道："看他读书这等用心，将来必定有些好处。"他这句话是无心说的，谁想婆竟认为有意。当晚与玉吾商量道："媳妇的卧房与蒋家书房隔壁，日间的话无论有心无心，到底不是一件好事，不如我和你搬到后面去，教媳妇搬到前面来，使他朝夕不闻书声，就不动怜才之念了。"玉吾道："也说得是。"拣了一日，就把两个房换转来。

不想又有凑巧的事，换不上三日，那蒋瑜又移到何氏隔壁，咿咿唔唔读起书来。这是甚么原故？只因蒋瑜是个至诚君子，一向书房做在后面的，此时闻得何氏在他隔壁做房，瓜李之嫌，不得不避，所以移到前面来。赵家搬房之事，又不曾知会他，他那里晓得？本意要避嫌，谁想反惹出嫌来？何氏是个聪明的人，明晓得公婆疑他有邪念，此时听见书声愈加没趣，只说蒋瑜有意随着他，又愧又恨。玉吾夫妻正在惊疑之际，又见媳妇面带惭色，一发疑上加疑。玉吾道："看这样光景，难道做出来了不成？"其妻道："虽有形迹，没有凭据，不好说破他，且再留心察访。"

看官，你道蒋瑜、何氏两个搬来搬去弄在一处，无心做出有心的事来，可谓极奇极怪了，谁想还有怪事在后，比这桩事更奇十倍，真令人解说不来。一日蒋瑜在架上取书来读，忽然书面上有一件东西，像个石子一般。取来细看，只见：

> 形如鸡蛋而略扁，润似蜜蜡而不黄。手摸似无痕，眼看始知纹路密；远观疑有玷，近觇才识土斑生。做手堪夸，雕斫浑如生就巧；玉情可爱，温柔却似美人肤。历时何止数千年，阅人不知几百辈。

原来是个旧玉的扇坠。蒋瑜大骇道："我家向无此物，是从那里来的？我闻得本境五圣极灵，难道是他摄来富我的不成？既然神道会摄东西，为甚么不摄些银子与我？这些玩器寒不可衣，饥不可食，要他怎的？"又想一想道："玩器也卖得银子出来，不要管他，将来吊在扇上，有人看见要买，就卖与他。但不知价值几何，遇着识货的人，先央他估一估。"就将线穿好了，吊在扇上，走进走出，再不见有人问起。

这一日合该有事，许多邻舍坐在树下乘凉，蒋瑜偶然经过。邻舍道："蒋大官读书忒煞用心，这样热天，便在这边凉凉了去。"蒋瑜只得坐下，口里与人闲谈，手中倒拿着扇子将玉坠掉来掉去，好启众人的问端。就有个邻舍道："蒋大官，好个玉坠，是那里来的？"蒋瑜道："是个朋友送的，我如今要卖，不知价值几何？列位替我估一估。"众人接过去一看，大家你看我，我看你，都不则声。蒋瑜道："何如？可有个定价？"众人道："玩器我们不识，不好乱估，改日寻个识货的来替你看。"蒋瑜坐了一会，先回去了。众人中有几个道："这个扇坠明明是赵玉吾的，他说把与媳妇了，为甚么到他手里来？莫非小蒋与他媳妇有些勾而搭之，送与他做表记的么？"有几个道："他方才说是人送的，这个穷鬼，那有人把这样好东西送他？不消说是赵家媳妇嫌丈夫丑陋，爱他标致，两个弄上手，送他的了，还有甚么疑得？"有一个尖酸的道："可恨那老亡八平日轻嘴薄舌，惯要说人家隐情，我们偏要把这桩事塞他的口。"又有几个老成的道："天下的物件相同的多，知道是不是？明日只说蒋家有个玉坠，央我们估价，我们不识货，教他来估，看他认不认就知道了。若果然是他的，我们就刻薄他几句燥燥脾胃，也不为过。"

算计定了，到第二日等玉吾走出来，众人招揽他到店中。坐了一会，就把昨日看扇坠估不出价来的话说了一遍，玉吾道："这等何不待我去看看？"有几个后生的竟要同他去，又有几个老成的朝后生摇摇头道："教他拿来就是了，何须去得？"看官，你道他为甚么不教玉吾去？他只怕蒋瑜见了对头，不肯拿出扇坠来，没有凭据，不好取笑他。故此只教一两个去，好骗他的出来。这也是虑得到的去处。谁知蒋瑜心无愧怍，见说有人要看，就交与他，自己也跟出来。见玉吾高声问道："老伯，这样东西是你用惯的，自然瞒你不得，你道价值多少？"玉吾把坠子捏了，仔细一看，登时换了形，脸上胀得通红，眼里急得火出。众人的眼睛相在他脸上，他的眼睛相在蒋瑜脸上，蒋瑜的眼睛没处相得，只得笑起来道："老伯，莫非疑我寒儒家里，不该有这件玩器么？老实对你说，是人送与我的。"玉吾听见这两句话，一发火上添油，只说蒋瑜睡了他的媳妇，还当面讥诮他，竟要咆哮起来。仔细想一想道："众人在面前，我若动了声色，就不好开交，这样丑事，扬开来不成体面。"只得收了怒色，换做笑容，朝蒋瑜道："府上是旧家，玩器尽有，何必定要人送？只因舍下也有一个，式样与此相同，心上踌躇，要买去凑成一对。恐足下要索高价。故此察言观色，才敢启口。"蒋瑜道："若是老伯要，但凭见赐就是，怎敢论价？"众人看见玉吾的光景，都晓得是了，到背后商量道："他若拼几两银子，依旧买回去灭了迹，我们把甚么塞他的嘴？"就生个计较，走过来道："你两个不好论价，待我们替你们作中。赵老爹家那一个，与迦楠坠子共是五十两银子买的，除去一半，该二十五两。如今这个待我们拿了，赵老爹去取出那一个来比一比好歹，若是那个好似这个，就要减几两；若是这个好似那个，就要增几两；若是两个一样，就照当初的价钱，再没得说。"玉吾道："那一个是妇人家拿去了，那里还讨得出来？"众人道："岂有此理，公公问媳妇要，怕他不肯？你只进去讨，只除非不在家里就罢了，若是在家里，自然一讨就拿出来的。"一面说，一面把玉坠取来藏在袖中了。玉吾被众人逼不过，只得假应道："这等且别，待我去讨；肯不肯明日回话。"众人做眼做势的作别，蒋瑜把扇坠放在众人身边，也回去了。

却说玉吾怒气冲冲回到家中，对妻子一五一十说了一遍。说完，摩胸拍桌，气个不了。妻子道："物件相同的尽多，或者另是一个，也不可知。待我去讨讨看。"就往媳妇房中，说："公公要讨玉坠做样，好去另买，快拿出来。"何氏把纸匣揭开一看，莫说玉坠，连迦楠香的都不见。只得把各箱各笼倒翻了寻，还不曾寻得完，玉吾之妻就骂起来道："好淫妇，我一向如何待你？你做出这样丑事来！扇坠送与野老公去了，还故意东寻西寻，何不寻到隔壁人家去！"何氏道："婆婆说差了，媳妇又不曾到隔壁人家去，隔壁的人又不曾到我家来，有甚么丑事做得？"玉吾之妻道："从来偷情的男子，养汉的妇人，个个是会飞的，不须从门里出入。这墙头上，房梁上，那一处扒不过人来，丢不过东西去？"何氏道："照这样说来，分明是我与人有甚么私情，把扇坠送他去了。这等还我一个凭据！"说完，放声大哭，颠作不了，玉吾之妻道："好泼妇，你的赃证现被众人拿在那边，还要强嘴！"就把蒋瑜拿与众人看、众人拿与玉吾看的说话备细说了一遍。说完，把何氏勒了一顿面光。何氏受气不过，只要寻死。玉吾恐怕邻舍知觉，难于收拾，只得倒叫妻子忍耐，吩咐丫鬟劝住何氏。

次日走出门去，众人道："扇坠一定讨出来了？"玉吾道："不要说起，房下问媳妇要，他说娘家拿去了，一时讨不来，待慢慢去取。"众人道："他

又没有父母，把与那一个？难道送他令兄不成？"有一个道："他令兄与我相熟的，待我去讨来。"说完，起身要走。玉吾慌忙止住道："这是我家的东西，为何要列位这等着急？"众人道："不是，我们前日看见，明明认得是你家的，为甚么在他手里？起先还只说你的度量宽弘，或者明晓得甚么原故把与他的，所以拿来试你。不想你原不晓得，毕竟是个正气的人。如今府上又讨不出那一个，他家又现有这一个，随你甚么人，也要疑惑起来了。我们是极有涵养的，尚且替你耐不住，要查个明白；你平素是最喜批评别人的，为何轮到自己身上，就这等厚道起来？"玉吾起先的肚肠一味要忍耐，恐怕查到实处，要坏体面。坏了体面，媳妇就不好相容。所以只求掩过一时，就可以禁止下次，做个哑妇被奸，朦胧一世也罢了。谁想人住马不住，被众人说到这个地步，难道还好存厚道不成？只得拼着媳妇做事了。就对众人叹一口气道："若论正理，家丑不可外扬。如今既蒙诸公见爱，我也忍不住了。一向疑心我家淫妇与那个畜生有些勾当，只因没有凭据，不好下手。如今有了真赃，怎么还禁得住？只是告起状来，须要几个干证，列位可肯替我出力么？"众人听见，齐声喝采道："这才是个男子，我们有一个不到官的，必非人类。你快去写起状子来，切不可中止。"玉吾别了众人，就寻个讼师，写一张状道：

告状人赵玉吾，为奸拐戕命事：兽恶蒋瑜，欺男幼懦，觊媳姿容，买屋结邻，穴墙窥诱。岂媳憎夫貌劣，苟合从奸，明去暗来，匪期伊夕。忽于本月某夜，席卷衣玩千金，隔墙抛运，计图挈拐。身觉喊邻围救，遭伤几毙。通里某等参证，窃思受辱被奸，情方切齿，诓财杀命，势更寒心。叩天正法扶伦斩奸。上告。

却说那时节成都有个知府，做官极其清正，有"一钱太守"之名。又兼不任耳目，不受嘱托，百姓有状告在他手里，他再不批属县，一概亲提。审明白了，也不申上司，罪轻的打一顿板子，逐出免供；罪重的立刻毙诸杖下。他生平极重的是纲常伦理之事，他性子极恼的是伤风败俗之人。凡有奸情告在他手里，原告没有一个不赢，被告没有一个不输到底。赵玉吾将状子写完，竟奔府里去告。知府阅了状词，当堂批个"准"字，带入后衙。次日检点隔夜的投文。别的都在，只少了一张告奸情的状子。知府道："必定是衙门人抽去了。"及至升堂，将值日书吏夹了又打，打了又夹，只是不招。只得差人教赵玉吾另补状来。状子补到，即使差人去拿。

却说蒋瑜因扇坠在邻舍身边，日日去讨，见邻舍只将别话支吾，又听见赵家婆媳之间，吵吵闹闹，甚是疑心；及至差人奉票来拘，才知扇坠果是赵家之物。心上思量道："或者是他媳妇在梁上窥我，把扇坠丢下来，做个潘安掷果的意思。我因读书用心，不曾看见也不可知。我如今理直气壮，到官府面前照直说去，官府是吃盐米的，料想不好难为我。"故此也不诉状，竟去听审。

不上几日，差人带去投到，挂出牌来，第一起就是奸拐戕命事。知府坐堂，先叫玉吾上去问道："既是蒋瑜奸你媳妇，为甚么儿子不告状，要你做公的出名？莫非你也与媳妇有私，在房里撞着奸夫，故此争锋告状么？"玉吾磕头道："青天在上，小的是敦伦重礼之人，怎敢做禽兽聚麀之事？只因儿子年幼，媳妇虽娶过门，还不曾并亲，虽有夫妇之名，尚无唱随之实，况且年轻口讷，不会讲话，所以小的自己出名。"知府道："这等他奸你媳妇有何凭据，甚么人指见，从直讲来。"玉吾知道官府明白，不敢驾言，只将媳妇卧房与蒋瑜书房隔壁，因蒋瑜挑逗媳妇，媳妇移房避他，他又跟随引诱，不想终久被他奸淫上手，后来天理不容，露出赃据，被邻舍拿住的话，从直说去。知府点头道："你这些话到也像是真情。"又叫干证去审。只见众人的话与玉吾句句相同，没有一毫渗漏，又有玉坠做了奸赃，还有甚么疑得？就叫蒋瑜上去道："你为何引诱良家女子，肆意奸淫？又骗了许多财物，要拐他逃走，是何道理？"蒋瑜道："老爷在上，童生自幼丧父，家贫刻苦，励志功名，终日刺股悬梁，尚博不得一领蓝衫挂体，那有功夫去钻穴逾墙？只因数日之前，不知甚么原故在书架上捡得玉坠一枚，将来吊在扇上，众人看见，说是赵家之物，所以不察虚实，就告起状来。这玉坠是他的不是他的，童生也不知道，只是与他媳妇并没有一毫奸情。"知府道："你若与他无奸，这玉坠是飞到你家来的不成？不动刑具，你那里肯招！"叫皂隶："夹起来！"皂隶就把夹棍一丢，将蒋瑜鞋袜解去，一双雪白的嫩腿，放在两块檀木之中，用力一收，蒋瑜喊得一声，晕死去了。皂隶把他头发解开，过了一会，方才苏醒，知府问道："你招不招？"蒋瑜摇头道："并无奸情，叫小的把甚么招得？"知府又叫皂隶重敲。敲了一百，蒋瑜熬不过疼，只得喊道："小的愿招！"知府就叫松了。皂隶把夹棍一松，蒋瑜又死去一刻，才醒来道："他媳妇有心到小的是真，这玉坠是他丢过来引诱小的的，小的以礼法自守，并不曾敢去奸淫他。老爷不信，只审那妇人就是了。"知府道："叫何氏上来！"

看官，但是官府审奸情，先要看妇人的容貌。若还容貌丑陋，他还半信半疑；若是遇着标致的，就道他有诲淫之具，不审而自明了。彼时何氏跪在仪门外，被官府叫将上去，不上三丈路，走了一二刻时辰，一来脚小，二来胆怯，及至走到堂上，双膝跪下好像没有骨头的一般，竟要随风吹倒，那一种软弱之态，先画出一幅美人图了。知府又叫抬起头来，只见他俊脸一抬，娇羞百出，远山如画，秋波欲流，一张似雪的面孔，映出一点似血的朱唇，红者愈红，白者愈白。知府看了，先笑一笑，又大怒起来道："看你这个模样，就是个淫物了。你今日来听审，尚且脸上搽了粉，嘴上点了胭脂，在本府面前扭扭捏捏，则平日之邪行可知，奸情一定是真了。"看官，你道这是甚么原故？只因知府是个老实人，平日又有些惧内，不曾见过美色，只说天下的妇人毕竟要搽了粉才白，点了胭脂才红，扭捏起来才有风致，不晓得何氏这种姿容态度是天生成的，不但扭捏不来，亦且洗涤不去，他那里晓得？说完了又道："你好好把蒋瑜奸你的话从直说来，省得我动刑具。"何氏哭起来道："小妇人与他并没有奸情，教我从那里说起？"知府叫拶起来，皂隶就么喝一声，将他纤手扯出，可怜四个笋尖样的指头，套在笔管里面抽将拢来，教他如何熬得？少不得娇啼婉转，有许多可怜的态度做出来。知府道："他方才说玉坠是你丢去引诱他的，他到归罪于你，你怎么还替他隐瞒？"何氏对着蒋瑜道："皇天在上，我何曾丢玉坠与你？起先我在后面做房，你在后面读书引诱我，我搬到前面避你，你又跟到前面来。只为你跟来跟去，起了我公婆疑惑之心，所以陷我至此。我不埋怨你就够了，你到冤屈我起来！"说完，放声大哭。知府肚里思量道："看他两边的话渐渐有些合拢来了。这样一个标致后生，与这样一个娇艳女子，隔着一层单壁，干柴烈火，岂不做出事来？如今只看他原夫生得如何，若是原夫之貌好似蒋瑜，还要费一番推敲；倘若相貌庸劣，自然情弊显然了。"就吩咐道："且把蒋瑜收监，明日带赵玉吾的儿子来，再审一审，就好定案。"

只见蒋瑜送入监中，十分狼狈。禁子要钱，脚骨要医，又要送饭调理，囊中没有半文，教他把甚么使费？只得央人去问岳丈借贷。陆家一向原有悔亲之心，如今又见他弄出事来，一发是眼中之钉、鼻头之醋了，那里还有银子借他？就回复道："要借贷是没有，他若肯退亲，我情愿将财礼送还。"蒋瑜此时性命要紧，那里顾得体面？只得写了退婚文书，央人送去，方才换得些银子救命。

且说知府因接上司，一连忙了数日，不曾审得这起奸情，及至公务已完，才叫原差带到，各犯都不叫，先叫赵旭郎上来。旭郎走到丹墀，知府把他仔细一看，是怎生一个模样？有《西江月》为证：

　　面似退光黑漆，发如鬈累金丝。鼻中有涕眼多脂，满脸密麻兼痣。

　　　劣相般般俱备，谁知更有微疵：瞳人内有好花枝，睁着把官斜视。

知府看了这副嘴脸，心上已自了然。再问他几句话，一字也答应不来，又知道是个憨物，就道："不消说了，叫蒋瑜上来。"蒋瑜走到，膝头不曾着地，知府道："你如今招不招？"蒋瑜仍旧照前说去，只是不改口。知府道："再夹起来！"看官，你道夹棍是件甚么东西，可以受两次的？熬得头一次不招，也就是个铁汉子了；临到第二番，莫说笞杖徒流的活罪，宁可认了不来换这个苦吃，就是砍头刖足、凌迟碎剐的极刑，也只得权且认了，捱过一时，这叫做"在生一日，胜死千年"。为民上的要晓得，犯人口里的话无心中试出来的才是真情，夹棍上逼出来的总非实据，从古来这两块无情之木不知屈死了多少良民，做官的人少用他一次，积一次阴功，多用他一番，损一番阴德，不是甚么家常日用的家伙离他不得的。蒋瑜的脚骨前次夹扁了，此时还不曾复原，怎么再吃得这个苦起？就喊道："老爷不消夹，小的招就是了！何氏与小的通奸是实，这玉坠是他送的表记。小的家贫留不住，拿出去卖，被人认出来的。所招是实。"知府就丢下签来，打了二十。叫赵玉吾上去问道："奸情审得是真了，那何氏你还要他做媳妇么？"赵玉吾道："小的是有体面的人，怎好留失节之妇？情愿教儿子离婚。"知府一面教画供，一面提起笔来判道：

　　　审得蒋瑜、赵玉吾比邻而居，赵玉吾之媳何氏，长夫数年，虽赋桃夭，未经合卺。蒋瑜书室，与何氏卧榻只隔一墙，怨旷相挑，遂成苟合。何氏以玉坠为赠，蒋瑜贫而售之，为众所获，交相播传。赵玉吾耻蒙墙茨之声，遂有是控。据瑜口供，事事皆实。盗淫处女，拟辟何辞？因属和奸，姑从轻拟。何氏受玷之身，难与良人相匹，应遣大归。赵玉吾家范不严，薄杖示儆。众人画供之后，各各讨保还家。

　　却说玉吾虽然赢了官司，心上到底气愤不过，听说蒋瑜之妻陆氏已经退婚，另行择配，心上想道："他奸我的媳妇，我如今偏要娶他的妻子，一来气死他，二来好在邻舍面前说嘴。"虽然听见陆家女儿容貌不济，只因被那标致媳妇弄怕了，情愿娶个丑妇做良家之宝，就连夜央人说亲，陆家贪他豪富，欣然许了。玉吾要气蒋瑜，分外张其声势，一边大吹大擂，娶亲进门，一边做戏排筵，酬谢邻里，欣欣烘烘，好不闹热。蒋瑜自从夹打回来，怨深刻骨。又听见妻子嫁了仇人，一发咬牙切齿。隔壁打鼓，他在那边捶胸；隔壁吹箫，他在那边叹气。欲待撞死，又因大冤未雪，死了也不瞑目，只得贪生忍耻，过了一月有余。

却说知府审了这桩怪事之后，不想衙里也弄出一桩怪事来。只因他上任之初，公子病故，媳妇一向寡居，甚有节操。知府有时与夫人同寝，有时在书房独宿。忽然一日，知府出门拜客，夫人到他书房闲玩，只见他床头边、帐子外有一件东西，塞在壁缝之中，取下来看，却是一只绣鞋。夫人仔细识认，竟像媳妇穿的一般。就藏在袖中，走到媳妇房里，将床底下的鞋子数一数，恰好有一只单头的，把袖中那一只取出来一比，果然是一双。夫人平日原有醋癖，此时那里忍得住？少不得"千淫妇、万娼妇"将媳妇骂起来。媳妇于心无愧，怎肯受这样郁气？就你一句，我一句，斗个不了。正斗在闹热头上，知府拜客回来，听见婆媳相争，走来劝解，夫人把他一顿"老扒灰、老无耻"骂得口也不开。走到书房，问手下人道："为甚么原故？"手下人将床头边寻出东西、拿去合着油瓶盖的说话细细说上，知府气得目瞪口呆，不知那里说起。正要走去与夫人分辩，忽然丫鬟来报道："大娘子吊死了！"知府急得手脚冰冷，去埋怨夫人，说他屈死人命，夫人不由分说，一把揪住将面上胡去一半。自古道："蛮妻拗子，无法可治。"知府怕坏官箴，只得忍气吞声，把媳妇殡殓了，一来肚中气闷不过，无心做官；二来面上少了胡须，出堂不便，只得往上司告假一月，在书房静养。终日思量道："我做官的人，替百姓审明了多少无头公事，偏是我自家的事再审不明。为甚么媳妇房里的鞋子会到我房里来？为甚么我房里的鞋子又会到壁缝里去？……"翻来覆去，想了一月，忽然大叫起来道："是了，是了！"就唤丫鬟一面请夫人来，一面叫家人伺候。及至夫人请到，知府问前日的鞋子在那里寻出来的。夫人指了壁洞道："在这个所在。你藏也藏得好，我寻也寻得巧。"知府对家人道："你替我依这个壁洞拆将进去。"家人拿了一把薄刀，将砖头撬去一块，回复道："里面是精空的。"知府道："正在空处可疑，替我再拆。"家人又拆去几块砖，只见有许多老鼠跳将出来。知府道："是了，看里面有甚么东西？"只见家人伸手进去，一连扯出许多物件来，布帛菽粟，无所不有。里面还有一张绵纸，展开一看，原来是前日查检不到、疑衙门人抽去的那张奸情状子。知府长叹一声道："这样冤屈的事，教人哪里去伸！"夫人也豁然大悟道："这等看来，前日那只鞋子也是老鼠衔来的，只因前半只尖，后半只秃，它要扯进洞去，扯到半中间，高底碍住扯不进，所以留在洞口了，可惜屈死了媳妇一条性命！"说完，捶胸顿足，悔个不了。

知府睡到半夜，又忽然想起那桩奸情事来，踌躇道："官府衙里有老鼠，百姓家里也有老鼠，焉知前日那个玉坠不与媳妇的鞋子一般，也是老鼠衔去的？"思量到此，等不得天明，就教人发梆，一连发了三梆，天也明了。走出堂去，叫前日的原差将赵玉吾、蒋瑜一干人犯带来复审。蒋瑜知道，又不知那头祸发，冷灰里爆出炒豆来，只得走来伺候。知府叫蒋瑜、赵玉吾上去，都一样问道："你们家里都养猫么？"两个都应道："不养。"知府又问道："你们家里的老鼠多么？"两个都应道："极多。"知府就吩咐一个差人，押了蒋瑜回去，"凡有鼠洞，可拆进去，里面有甚么东西，都取来见我"。差人即将蒋瑜押去。不多时，取了一粪箕的零碎物件来。知府教他两人细认。不是蒋家的，就是赵家的，内中有一个迦楠香的扇坠，咬去一小半，还剩一大半。赵玉吾道："这个香坠就是与那个玉坠一齐交与媳妇的。"知府道："是了，想是两个结在一处，老鼠拖到洞口，咬断了线掉下来的。"对蒋瑜道："这都是本府不明，教你屈受了许多刑罚，又累何氏冒了不洁之名，惭愧惭愧。"就差人去唤何氏来，当堂吩咐赵玉吾道："他并不曾失节，你原领回去做媳妇。"赵玉吾磕头道："小的儿子已另娶了亲事，不能两全，情愿听他别嫁。"知府："你娶甚么人家女儿？这等成亲得快。"蒋瑜哭诉道："老爷不问及此，童生也不敢伸冤，如今只得哀告了：他娶的媳妇就是童生的妻子。"知府问甚么原故，蒋瑜把陆家爱富嫌贫、赵玉吾恃强夺娶的话一一诉上。知府大怒道："他倒不曾奸你媳妇，你的儿子倒奸了他的发妻，这等可恶！"就丢下签来，将赵玉吾重打四十，还要问他重罪。玉吾道："陆氏虽娶过门，还不曾与儿子并亲，送出来还他就是。"知府就差人立取陆氏到官，要思量断还蒋瑜。不想陆氏拘到，知府教他抬头一看，只见发黄脸黑、脚大身矬，与赵玉吾的儿子却好是天生一对，地产一双。知府就对蒋瑜指着陆氏道："你看他这个模样，岂能是你的好述？"又指着何氏道："你看他这种姿容，岂是赵旭郎的伉俪？这等看来，分明是造物怜你们错配姻缘，特地着老鼠做个氤氲使者，替你们改正过来的。本府就做了媒人，把何氏配你。"唤库吏取一百两银子，赐与何氏备妆奁，一面取花红，唤吹手，就教两人在丹墀下拜堂，迎了回去。后来蒋瑜、何氏夫妻恩爱异常。不多时宗师科考，知府就将蒋瑜荐为案首，以儒士应试，乡会联捷。后来由知县也升到四品黄堂，何氏受了五花封诰，俱享年七十而终。

却说知府自从审屈了这桩词讼，反躬罪己，申文上司，自求罚俸。后来审事，再不敢轻用夹棍。起先做官，百姓不怕他不清，只怕他太执；后来一味虚衷，凡事以前车为戒，百姓家家尸祝，以为召父再生，后来直做到侍郎才住。只因他生性极直，不会藏匿隐情，常对人说及此事，人都道："不信川老鼠这等利害，媳妇的鞋子都会拖到公公房里来。"后来就传为口号，至今叫四川人为川老鼠。又说传道："四川人娶媳妇，公公先要扒灰，如老鼠打洞一般。"尤为可笑。四川也是道德之乡，何尝有此恶俗？我这回小说，一来劝做官的，非人命强盗，不可轻动夹足之刑，常把这桩奸情做个殷鉴；二来教人不可像赵玉吾轻嘴薄舌，谈人闺阃之事，后来终有报应；三来又为四川人暴白老鼠之名，一举而三善备焉，莫道野史无益于世。

【评】

老鼠毕竟是个恶物，既要成就他夫妻，为甚么不待知府未审之先去拖他媳妇的鞋子，直到蒋瑜受尽刑罚才替他白冤？虽有焦头烂额之功，难免直突留薪之罪。怪不得蒋瑜夫妻恨他，成亲之后，夜夜要打他几次。

第三回　改八字苦尽甘来

诗云：

> 从来不解天公性，既赋形骸焉用命。
>
> 八字何曾出母胎，铜碑铁板先刊定。
>
> 桑田沧海易更翻，贵贱荣枯难改正。
>
> 多少英雄哭阮途，叫呼不转天心硬。

这首诗单说个命字，凡人贵贱穷通，荣枯寿夭，总定在八字里面。这八个字，是将生未生的时节，天公老子御笔亲除的。莫说改移不得，就要添一点，减一画，也不能够。所以叫做"死生由命，富贵在天"。

当初有个老者，一生精于命理，只有一子，未曾得孙。后来媳妇有孕，到临盆之际，老者拿了一本命书，坐在媳妇卧房门外伺候。媳妇在房中腹痛甚紧，收生婆子道："只在这一刻了。"老者将时辰与年月日干一合，叫道："这个时辰犯了关煞，是养不大的。媳妇做你不着，再熬一刻，到下面一个时辰就是长福长寿的了。"媳妇听见，慌忙把脚牮住。狠命一熬，谁想孩子的头已出了产门，被产母闭断生气，死在腹中。及至熬到长福长寿的时辰，生将下来，他又到别人家托生了，依旧合着养不大的关煞。这等看来，人的八字果然是天公老子御笔亲除，断断改不得的了。

如今却又有个改得的，起先被八字限住，真是再穷穷不去，后来把八字改了，不觉一发发将来。这叫做理之所无、事之所有的奇话，说来新一新看官的耳目。

　　成化年间，福建汀州府理刑厅，有个皂隶，姓蒋名成，原是旧家子弟。乃祖在日，田连阡陌，家满仓箱，居然是个大富长者。到父亲手里，虽然比前消乏，也还是个瘦瘦骆驼。及至父死，蒋成才得三岁。两兄好嫖好赌，不上十年，家资荡尽。等得蒋成长大，已无立锥之地了。一日蒋成对二兄道："偌大家私都送在你们手里，我不曾吃父亲一碗饭，穿母亲一件衣，如今费去的追不转了，还有甚么卖不去的东西，也该把件与我，做父母的手泽。"二兄道："你若怕折便宜，为甚么不早些出世？被我们风花雪月去了，却来在死人臀眼里挖屁。如今房产已尽，只有刑厅一个皂隶顶首，一向租与人当的，将来拨与你，凭你自当也得，租与人当也得。"蒋成思量道："我闻得衙门里钱来得泼绰，不如自己去当，若挣得来，也好娶房家小，买间住房，省得在兄嫂喉咙下取气。又闻得人说：衙门里面好修行。若遇着好行方便处，念几声不开口的阿弥，舍几文不出手的布施，半积阴功半养身，何等不妙？"竟往衙门讨出顶首，办酒请了皂头，拣个好日，立在班篷底下伺候。

　　刑厅坐堂审事，头一根签就抽着蒋成行杖。蒋成是个慈心的人，那里下得这双毒手？勉强拿了竹板，忍着肚肠打下去，就如打在自己身上一般，犯人叫"阿哟"，他自己也叫起"阿哟"来，打到五板，眼泪直流，心上还说太重了，恐伤阴德。谁知刑厅大怒，说他预先得了杖钱，打这样学堂板子，丢下签来，犯人只打得五板，他倒打了十下倒棒。自此以后，轮着他行杖，虽不敢太轻，也不敢太重，只打肉，不打筋，只打臀尖，不打膝窟，人都叫他做恤刑皂隶。

　　过了几时，又该轮着他听差。别人都往房科买票，蒋成一来乏本，二来安分，只是听其自然。谁想不费本钱的差，不但无利，又且有害；不但赔钱，又且赔棒。当了一年差，低钱不曾留得半个，屈棒倒打了上千。要仍旧租与人当，人见他尝着苦味，不识甜头，反要拿捏他起来。不是要减租钱，就是要贴使费，没奈何，只得自己苦捱。那同行里面，也有笑他的，也有劝他的。笑他的道："不是撑船手，休来弄竹篙。衙门里钱这等好趁？要进衙门，先要吃一服洗心汤，把良心洗去；还要烧一分告天纸，把天理告辞，然后吃得这碗饭。你动不动要行方便，这'方便'二字是毛坑的别名，别人泻干净，自家受腌臜，你若有做毛坑的度量，只管去行方便。不然，这两个字，请收拾起。"蒋成听了，只不回言。那劝他的道："小钱不去，大钱不来，你也拼些资本，买张票子出去走走，自然有些兴头；终日捏着空拳等差，有甚么好差到你？"蒋成道：

"我也知道，只是去钱买的差使，既要偿本，又要求利，拿住犯人，自然狠命的需索了。若是诈得出的还好，万一诈不出的，或者逼出人命，或者告到上司，明中问了军徒，暗中损了阴德，岂不懊悔？"劝者道："你一发迂了。衙门里人将本求利，若要十倍、二十倍方才弄出事来，你若肯平心只讨一两倍，就是半送半卖的生意了，犯人还尸祝你不了，有甚么意外的事出来？"蒋成道："也说得是。只是刑厅比不得府县衙门，没有贱票，动不动是十两半斤，我如今口食难度，那有这项本钱？"劝者又道："何不约几个朋友，做个小会，有一半付与房科，他也就肯发票，其余待差钱到手，找账未迟。"蒋成听了这些话，如醉初醒，如梦初觉，次日就办酒请会，会钱到手，就去打听买票。

闻得按院批下一起着水人命，被犯是林监生。汀州富户，数他第一，平日又是个撒漫使钱的主儿，故此谋票者极多。蒋成道："先下手为强。"即去请了承行，先交十两，写了一半欠票。次日签押出来，领了拘牌，寻了副手同去。不料林监生预知事发，他有个相知在浙江做官，先往浙江求书去了。本人不在，是他父亲出来相见。父亲须鬓皓然，是吃过乡饮的耆老，儿子虽然慷慨，自己甚是悭吝，封了二两折数，要求蒋成回官。蒋成见他是个德行长者，不好变脸需索，况且票上无名，又不好带他见官。只得延捱几日，等他慷慨的儿子回来，这主肥钱仍在，不怕谁人抢了去。那里晓得刑厅是个有欲的人，一向晓得林监生巨富，见了这张状子，拿来当做一所田庄，怎肯忽略过去？次日坐堂，就问："林监生可曾拿到？"蒋成回言："未奉之先，往浙江去了。求老爷宽限，回日带审。"刑厅大怒，说他得钱卖放，选头号竹板，打了四十，仍限三日一比。蒋成到神前许愿：不敢再想肥钱，只求早卸干系。怎奈林监生只是不到，比到第三次，蒋成臀肉腐烂，经不得再打，只得磕头哀告道："小的命运不好，省力的事差到小的就费力了，求老爷差个命好的去拿，或者林监生就到也不可知。"刑厅当堂就改了值日皂隶。起先蒋成的话，一来是怨恨之辞，二来是脱肩之计，不想倒做了金口玉言，果然头日改差，第二日林监生就到，承票的不费一厘本钱，不受一些惊吓，趁了大块银子，数日之间，完了宪件。蒋成去了重本，摸得二两八折低银，不够买棒疮膏药，还欠下一身债负，自后再不敢买票。钻刺也吃亏，守分也吃亏，要钱也没有，不要钱也没有，在衙门立了二十余年，看见多少人白手成家，自己只是衣不遮身，食不充口，衙门内外就起他一个混名，叫做"蒋晦气"。吏书门子清晨撞着他，定要叫几声大吉利市。久而久之，连官府也知道他这个混名。

　　起先的刑厅，不过初一十五不许他上堂，平常日子也还随班值役。末后换了一个青年进士，是扬州人，极喜穿着，凡是各役中衣帽齐整、模样干净的就看顾他，见了那褴褛龌龊的，不是骂，就是打。古语有云：

　　　　楚王好细腰，宫中皆饿死。

只因刑厅所好在此，一时衙门大小，都穿绸着绢起来，头上簪了茉莉花，袖中烧了安息香，到官面前乞怜邀宠。蒋成手内无钱，要请客也请客不来。新官到任两月，不曾差他一次。有时见了，也不叫名字，只唤他"教化奴才"。蒋成弄得跼天蹐地，好不可怜。

　　忽一日刑厅发了二梆，各役都来伺候，见官不曾出堂，大家席地坐了讲闲话。蒋成自知不合时宜，独自一人坐在围屏背后。众人中有一个道："如今新到个算命的，叫做华阳山人，算得极准，说一句验一句。"又一个道："果然，我前日去算，他说我驿马星明日进宫，第二日果然差往省城送礼。"又一个道："他前日说我恩星次日到命，果然第二日赏了一张好牌。"众人道："这等我们明日都去试一试。"那算过的道："他门前挨挤不开，要等半日，才轮得着。"蒋成听见，思量道："这等是个活神仙了。我蒋成偃蹇半世，将来不知可有个脱运的日子？本待也去算算，只是跟官的人，那有半日工夫去等？"踌躇未了，刑厅三梆出堂。只见养济院有个孤老喊状，说妻子被同伴打坏，命在须臾，求老爷急救。刑厅初意原是不肯准的，只因看见蒋成立在阶下，便笑起来道："唤那教化奴才上来。我一向不曾差你，谁知你这个教化差人，又有一对教化的原被告，也是千载奇逢，就差你去拿。"标一根签丢下来，蒋成拾了，竟往养济院去。从一个命馆门前经过，招牌上写一行字道：

　　　　华阳山人谈命，一字不着，不受命金。

蒋成道："这就是他们说的活神仙了。"掀帘一看，一个算命的也没有。心上思忖道："难得他今日清闲，不如偷空进去算算，省得明日来遇着朋友，算得不好，被他齿笑。"走进去，把年月日时说了一遍。山人展开命纸，填了八字五星，仔细一看，忽然哼了一声，将命纸丢下地去，道："这样命算他怎的？"蒋成道："好不好也要算算，难道不好的命就是没有命钱的么？"山人道："这样八字，我也不忍要你命钱。"蒋成道："甚么原故？"山人道："凡人命不好看运，运不好看星。你这命局已是极不好的了，从一岁看起，看到一百岁，要一日好运、一点好星也没有。你休怪我说，这样八字，莫说求名求利，就去募缘抄化，人见了你也要关门闭户的。"蒋成被这几句话说伤了心，不觉掉下泪来道："先生，你说的话虽然太直，却也一字不差。我自从出娘肚皮，苦到如今，不曾舒眉一日，终日痴心妄想，要等个苦尽甘来。据老先生这等说，我后面没有好处了。这样日子过他怎的？不如早些死了的干净！"起先还是含泪，说到此处，不觉痛哭起来。山人劝他住又不住，教他去又不去，被他弄得没奈何，只得生个法子哄他出门。对他道："你若要过上好日子，只除非把八字改一改，就有好处了。"蒋成道："先生又来取笑，八字是生成的，怎么改得？"山人道："不妨，我会改。"重新取一张命纸，将蒋成原八字只颠倒一颠倒，另排上五星运限，后面批上几句好话，折做几折，塞在蒋成袖中道："以后人问你八字，只照这命纸上讲，还你自有好处。"

蒋成知道是浑话，正要从头哭起，忽然有个皂头拿一根火签走进来道："老爷拿你！"蒋成问甚么事发，原来是养济院那个孤老等他不去拿人，又来禀官，故此刑厅差皂头来捉违限。蒋成吃了一惊，随他走进衙去。只见刑厅怒冲冲坐在堂上，见他一到，不容分说，把签连筒推下叫打。蒋成要辩，被行杖的一把拖下，袖中掉出一张纸来。刑厅道："甚么东西？取来我看。"门子拾将上去，刑厅展开，原来是张命纸。从头看了一遍，大惊道："叫他上来。你这张命纸从那里来的？是何人的八字？"蒋成道："就是小人的狗命。"刑厅大笑道："看你这个教化奴才不出，倒与我老爷同年同月同日同时。"当下饶了打，退堂进去。到私衙见了夫人，不住的笑道："我一向信命，今日才晓得命是没有凭据的。"夫人问："怎见得？"刑厅道："我方才打一个皂隶，他袖中掉下一张命纸，与我的八字一般一样。我做官，他做皂隶，也就有天渊之隔了，况且又是皂隶之中第一个落魄的，你道从那里差到那里？这等看来，命有甚么凭据？"夫人道："这毕竟是刻数不同了。虽然如此，他既与你同时降生，前世定有些缘法，也该同病相怜，把只眼睛看看他才是。"刑厅道："我也有这个意思。"

次日坐川堂，把蒋成叫进来，问他身上为何这等褴褛。蒋成哭诉从前之苦，刑厅不胜怜惜，吩咐衙内取出十两银子，教他买几件衣帽换了来听差。蒋成磕头谢了出去，暗中笑个不了。随往典铺买了几件时兴衣服，又结了一顶瓦楞帽子，到混堂洗一个澡，从头至脚脱旧换新走出来。恰好遇着个磨镜的，挑了一担新磨的镜子。蒋成随着他一面走，一面照，竟不是以前的穷相。心上暗想道："难道八字改了，相貌也改了不成？"走进衙门，合堂恭贺。又替他上个徽号，叫做"官同年"。那些穿绸着绢的，羡慕他这几件衣服，都叫做

"御赐宫袍"。安息香也送他熏，茉莉花也送他戴，蒋成一时清客起来，弄得那六宫粉黛无颜色。自此以后，刑厅教他贴堂服侍，时刻不离，有好票就赏他，有疑事就问他，竟做了腹心耳目。蒋成也不敢欺公作弊，地方的事，知无不言，言无不尽，倒扶持刑厅做了一任好官。古语道不差，官久自富。蒋成在刑厅手里不曾做一件坏法的事，不曾得一文昧心的钱，不上三年，也做了数千金家事，娶了妻，生了子，买了住房，只不敢奢华炫耀。

忽一日想起：我当初若不是那个算命先生，那有这般日子？为人不可忘本。办了几色礼，亲自上门去拜谢。华阳山人见了，不知是哪一门亲戚，问他姓名，蒋成道："不肖是刑厅皂隶，姓蒋名成，向年为命运迍遭，来求先生推算，先生见贱造不好，替我另改一个八字，自改之后，忽然亨通，如今做了个小小人家，都是先生所赐，故此不敢忘恩，特来拜谢。"山人想了半日，才记起来道："那是我见你啼哭不过，假设此法，宽慰你的。那有当真改得的道理？"蒋成道："彼时我也知道是笑话，不想后来如此如此……"把刑厅见了命纸，回嗔作喜，自己因祸得福的话说了一遍。山人道："世间那有这等事？只怕还是你自己的命好，我当初看错了也不可知。你说来待我再算一算。"蒋成将原先八字说去，山人仔细看了一遍道："原不差，这样八字，莫说成家，饭也没得吃的。你再把改的八字说来看。"蒋成因那张命纸是起家之本，时刻带在身边，怎敢丢弃？就在夹袋中取出来，与山人一看，山人大笑道："确然是这个八字上发来的，若照这个命，你不但发财，后来还有官做。"蒋成大笑道："先生又来取笑，我这个人家已是欺天枉法骗来的，还怕天公查将出来依旧要追了去，还想做甚么官？"山人道："既然前面验了，后面岂有不验之理？待我替你再判几句，留为后日之验。"提起笔来，又续上一个批语。蒋成袖了，作别而去。

不上月余刑厅任满，钦取进京。临行对蒋成道："我见你一向小心守法，不忍丢你，要带你进京，你可愿去？"蒋成道："小的蒙老爷大恩，碎身难报，情愿跟去服侍老爷。"刑厅赏了银子安家。蒋成一路随行，到了京中。刑厅考选吏部，蒋成替他内外纠察，不许衙门作弊，尽心竭力，又扶持他做了一任好官。主人鉴他数载勤劳，没有甚么赏犒，那时节朝中弊窦初开，异路前程可以假借，主人替他做个吏员脚色，拣个绝好县分，选了主簿出来；做得三年，又升了经历；两任官满还乡，宦囊竟以万计。却好又应着算命先生的话，这岂不是理之所无、事之所有的奇话？说来真个耳目一新。说话的，若照你这等说来，世上人的八字，都可以信意改的了？古圣贤"死生由命、富贵在天"的话，难道反是虚文不成？看官，要晓得蒋成的命原是不好的，只为他在衙门中做了许多好事，感动天心，所以神差鬼使，教那华阳山人替他改了八字，凑着这段机缘。这就是《孟子》上"修身所以立命"的道理。究竟这个八字不是人改，还是天改的。又有一说，若不是蒋成自己做好事，怎能够感动天心？就说这个八字不是天改，竟是人改的也可。

【评】

这回小说与《太上感应篇》相为表里，当另刻一册，印他几千部，分送衙门人，自有无限阴功，强如修桥砌路。是便是了，只怕吃过洗心汤、烧过告天纸的，就看了他，也不见有甚好处。

第四回　失千金福因祸至

诗云：

> 从来形体不欺人，燕颔封侯果是真。
>
> 亏得世人皮相好，能容豪杰隐风尘。

前面那一回讲的是"命"字，这一回却说个"相"字。相与命这两件东西，是造化生人的时节搭配定的。半斤的八字，还你半斤的相貌；四两的八字，还你四两的相貌，竟像天平上弹过的一般，不知怎这等相称。若把两桩较量起来，赋形的手段比赋命更巧。怎见得他巧处？世上人八字相同的还多，任你刻数不同，少不得那一刻之中，也定要同生几个；只有这相貌，亿万苍生之内，再没有两个一样的。随你相似到底，走到一处，自然会异样起来。所以古语道："人心之不同，有如其面。"这不同的所在已见他的巧了，谁知那相同的所在，更见其巧。若是相貌相同，所处的地位也相同，这就不奇了；他偏要使那贵贱贤愚相去有天渊之隔的，生得一模一样，好颠倒人的眼睛，所以为妙。当初仲尼貌似阳虎，蔡邕貌似虎贲，仲尼是个至圣，阳虎是个权奸，蔡邕是个富贵的文人，虎贲是个下贱的武士，你说那里差到那里？若要把孔子认做圣人，连阳虎也要认做圣人了；若要把虎贲认做贱相，连蔡邕也要认做贱相了。这四个人的相貌虽然毕竟有些分辩，只是这些凡夫俗眼那里识别得来？从来负奇磊落之士，个个都恨世多肉眼不识英雄；我说这些肉眼是造化生来护持英雄的，只该感他，不该恨他，若使该做帝王的人个个知道他是帝王，能做豪杰的人个个认得他是豪杰，这个帝王、豪杰一定做不成了。项羽知道沛公该有天下，那鸿门宴上岂肯放他潜归？淮阴少年知道韩信若为齐王，那胯下之时岂肯留他性命？亏得这些肉眼，才隐藏得过那些异人。还有一说，若使后来该富贵的人都晓得他后来富贵，个个去趋奉他，周济他，他就预先要骄奢淫欲起来了，那里还肯警心惕虑，刺股悬梁,造到那富贵的地步？所以造化生人使乖弄巧的去处都有一片深心，不可草草看过。如今却说一个人相法极高，遇着两个面貌一样的，一个该贫，一个该富，他却能分别出来。后来恰好合着他的相法，与前边敷演的话句句相反，方才叫做异闻。

弘治年间，广东广州府南海县，有个财主姓杨，因他家资有百万之富，人都称他为杨百万。当初原以飘洋起家，后来晓得飘洋是桩险事，就回过头来，坐在家中，单以放债为事。只是他放债的规矩有三桩异样：第一桩，利钱与开当铺的不同，当铺里面当一两二两，是三分起息，若当到十两二十两，就是二分多些起息了。他翻一个案道，借得少的毕竟是个穷人，那里纳得重利钱起？借得多的定是有家事的人，况且本大利亦大，拿我的本去趁出利来，便多取他些也不为虐。所以他的利钱论十的是一分，论百的是二分，论千的是三分。人都说他不是生财，分明是行仁政，所以再没有一个赖他的。第二桩，收放都有个日期，不肯零星交兑。每月之中，初一、十五收，初二、十六放。其余的日子，坐在家中与人打双陆，下象棋，一些正事也不做。人知道他有一定的规矩，不是日期再不去缠扰他。第三桩，一发古怪，他借银子与人，也不问你为人信实不信实，也不估你家私还得起还不起，只要看人的相貌何如。若是相貌不济，票上写得多的，他要改少了；若是相貌生得齐整，票上写一倍，他还借两倍与你。这是甚么原故？只因他当初在海上，遇个异人传授他的相法，一双眼睛竟是两块试金石。人走到他面前，一生为人的好歹，衣禄的厚薄，他都了然于胸中。这个术法别人拿去趁钱，他却拿来放债，其实放债放得着，一般也是趁钱。当初唐朝李世在军中选将，要相那面貌丰厚、像个有福的人，才教他去出征。那些卑微庸劣的，一个也不用。人问他甚么原故，他道薄福之人，岂可以成功名？也就是这个道理。杨百万只因有此相法，所以借去的银子，再没有一主落空。

那时节南海县中有个百姓,姓秦名世良,是个儒家之子。少年也读书赴考，后来因家事消条，不能糊口，只得废了举业，开个极小的铺子，卖些草纸灯心之类。常常因手头乏钞，要问杨百万借些本钱，只怕他的眼睛利害，万一相得不好，当面奚落几句，岂不被人轻贱？所以只管苦捱。捱到后面，一日穷似一日，有些过不去了，只得思量道："如今的人，还要拿了银子去央人相面，

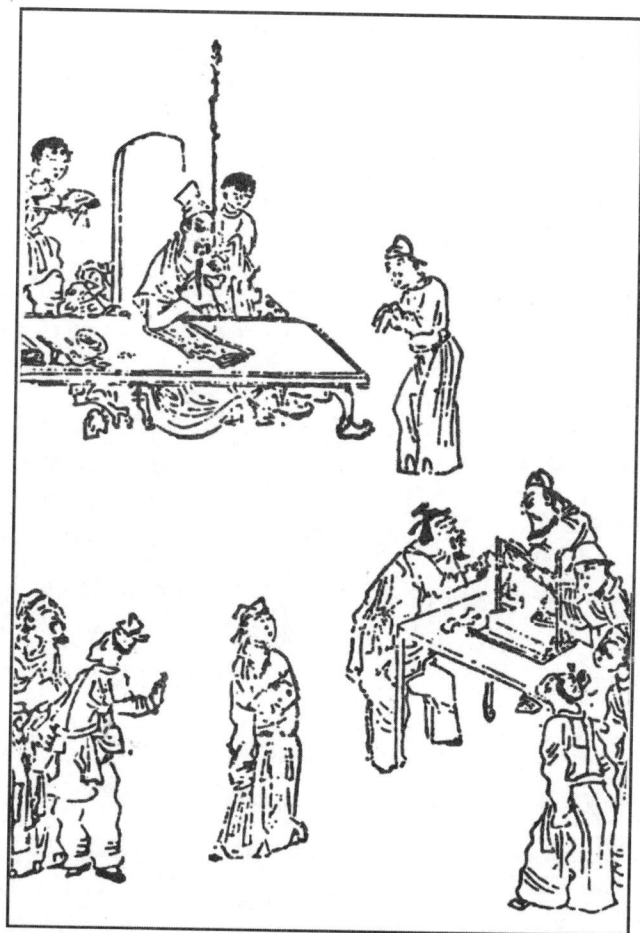

我如今又不费一文半分，就是银子不肯借，也讨个终身下落了回来，有甚么不好？"就写个五两的借票，等到放银的日期走去伺候。从清晨立到巳牌时分，只见杨百万走出厅来，前前后后跟了几十个家人，有持笔砚的，有拿算盘的，有捧天平的，有抬银子的。杨百万走到中厅，朝外坐下，就像官府升堂一般，吩咐一声收票。只见有数百人一齐取出票来，捱挤上去，就是府县里放告投文，也没有这等闹热。秦世良也随班拥进，把借票塞与家人收去，立在阶下，听候唱名。只见杨百万果然逐个唤将上去，从头至脚相过一番，方才看票。也有改多为少，也有改少为多的。那改少为多的，兑完银子走下来，个个都气势昂昂，面上有骄人之色；那改多为少的，银子便接几两下来，看他神情萧索，气色暗然，好像秀才考了劣等的一般，个个都低头掩面而去。世良看见这些光景，有些懊悔起来道："银子不过是借贷，终究要还，又不是白送的，为甚么受人这等怠慢？"欲待不借，怎奈票子又被他收去。

　　正在疑虑之间，只见并排立着一个借债的人，面貌身材与他一样，竟像一副印板印下来的。世良道："他的相貌与我相同，他若先叫上去，但看他的得失，就是我的吉凶了。"不曾想得完，那人已唤上去了。世良定着眼睛看，侧着耳朵听，只见杨百万将此人相过一番，就查票上的数目，却是五百两。杨百万笑道："兄哪里借得五百两起？"那人道："不肖虽穷，也还有千金薄产，只因在家坐不过，要借些本钱到江湖上走走，这银子是有抵头的，怎见得就还不起？"杨百万道："兄不要怪我说，你这个尊相，莫说千金，就是百金也留不住。无论做生意不做生意，将来这些尊产少不得同归于尽。不如请回去坐坐，还落得安逸几年，省得受那风霜劳碌之苦。"那人道："不借就是了，何须说得这等尽情！"讨了票子，一路唧唧哝哝，骂将出去。

　　世良道："兔死狐悲，我的事不消说了。"竟要讨出票子，托故回家，不想已被他唤着名字，只得上去讨一场没趣了下来。谁想杨百万看到他的相貌，不觉眼笑眉欢，又把他的手掌捏了一捏，就立起身来道："失敬了。"竟查票子，看到五两的数目，大笑起来道："兄这个尊相，将来的家资不在小弟之下，为甚么只借五两银子？"世良道："老员外又来取笑了。晚生家里四壁萧然，朝不谋夕，只是这五两银子还愁老员外不肯，怎么说这等过分的话，敢是讥诮晚生么？"杨百万又把他仔细一相道："岂有此理，兄这个财主，我包得过。任你要借一千、五百，只管兑去，料想是有得还的。"世良道："就是老员外肯借，晚生也不敢担当，这等量加几两罢。"杨百万道："几两、几十两的生意岂是兄做的？你竟借五百两去，随你做甚么生意，包管趁钱，还不要你费一些气力，受一毫辛苦，现现成成做个安逸财主就是。"说完，就拿笔递与世良改票，世良没奈何，只得依他，就在"五"字之下、"两"字之上夹一个"百"字进去。写完，杨百万又留他吃了午饭，把五百两银子兑得齐齐整整，教家人送他回来。

世良暗笑道："我不信有这等奇事，两个人一样的相貌，他有千金产业，尚且一厘不肯借他；我这等一个穷鬼，就拼五百两银子放在我身上，难道我果然会做财主不成？不要管他，他既拼得放这样飘海的本钱，我也拼得去做飘海的生意。闻得他的人家原是洋里做起来的，我如今不入虎穴，焉得虎子？也到洋里去试试。"就与走番的客人商议，说要买些小货，跟去看看外国的风光。众人因他是读过书的，笔下来得，有用着他的去处，就许了相带同行，还不要他出盘费。世良喜极，就将五百两银子都买了绸缎，随众一齐下船。他平日的笔头极勤，随你甚么东西，定要涂几个字在上面。又因当初读书时节，刻了几方图章，后来不习举业，没有用处，捏在手中，不住的东印西印，这也是书呆子的惯相。

一日舟中无事，将自己绸缎解开，逐匹上用一颗图章，用完捆好，又在蒲包上写"南海秦记"四个大字。众人都笑他道："你的本钱忒大，宝货忒多，也该做个记号，省得别人冒认了去。"世良脸上羞得通红，正要掩饰几句，忽听得舵工喊道："西北方黑云起了，要起风暴，快收进岛去。"那些水手听见，一齐立起身来，落篷的落篷，摇橹的摇橹，刚刚收进一个岛内，果然怪风大作，雷雨齐来。后舡收不及的，翻了几只。世良同满舡客人，个个张牙吐舌，都说亏舵工收舡得早。等了两个时辰，依旧青天皎洁，正要开舡，只见岛中走出一伙强盗，虽不上十余人，却个个身长力大，手持利斧，跳上船来，喝道："快拿银子买命！"众人看见势头不好，一齐跪下道："我们的银子都买了货物，腰间盘费有限，尽数取去就是。"只见有个头目立在岸上，须长耳大，一表人材，对众人道："我只要货物，不要银子，银子赏你们做盘费转去，可将货物尽搬上来。"众强盗得了钧令，一齐动手，不上数刻，剩下一只空舡。头目道："放你们去罢。"驾掌曳起风篷，方才离了虎穴。满船客人个个都号咷痛哭，埋怨道："不该带了个没时运的人，累得大家晦气。"世良又恨自家命穷，又受别人埋怨，又虑杨百万这注本钱如何下落，真是上天无路，入地无门。

不上数日，依旧到了家中。思量道："丑媳妇免不得见公婆，如今本钱劫去，也要与他说个明白，难道躲得过世不成？"只得走到杨百万家，恰好遇着个收银的日子，那天平里面铿铿锵锵，好像戏台上的锣鼓，响个不住。等得他收完，已是将要点灯的时候。世良面上无颜，巴不得暗中相见。杨百万见他走到面前，吃一惊道："你做甚么生意，这等回头得快？就是得利，也该再做几转，难道就拿来还我不成？"世良听见，一发羞上加羞，说不出口，仰面笑了一笑，然后开谈。少不得是"惭愧"二字起头，就把买货飘洋、避风遇盗的话说了一遍，深深唱个喏道："这都是晚生命薄，扶持不起，有负老员外培植之恩，料今生不能补报，只好待来世变为犬马，偿还恩债。"说完，立在旁边，低头下气，不知杨百万怎生发作，非骂即打。谁知他一毫也不介意，倒陪个笑脸道："胜败乃兵家之常，做生意的人失风遇盗之事，那里保得没有遭把？就是学生当初飘洋，十次之中也定然遇着一两次。自古道：'生意不怕折，只怕歇。'你切不可因这一次受惊，就冷了求财之念，譬如掷骰子的，一次大输，必有一次大赢。我如今再借五百两与你，你再拿去飘洋，还你一本数十利。"世良听见，笑起来道："老员外，你的本钱一次丢不怕，还要丢第二次么？"杨百万道："我若不扶持你做个财主，人都要笑我没有眼睛。你放心兑去，只要把胆放泼些，不要说不是自己的本钱，畏首畏尾，那生意就做不开了。自古道：'貌不亏人。'有你这个尊相，偷也偷个财主来。今晚且别，明日是放银的日期，我预先兑五百两等你。"世良别了。

到第二日，当真又写一张借票，随众走去。只见果然有五百两银子封在那边，上面写一笔道：大富长者秦世良客本。

众人的银子都不曾发，杨百万先取这一宗，当众人交与世良道："银子你收去，我还有一句先凶后吉的话吩咐你。万一这注银子又有差池，你还来问我借。我的眼睛再不会错的，任你折本趁钱，总归到做财主了才住。"众人都把他细看，也有赞叹果然好相的，也有不则声的，都要办着眼睛看他做财主。

世良谢了杨百万回来，算计道："他的意思极好，只是吩咐的话决不可依。他教我把胆放泼些，我前番只因泼坏了事，如今怎么还好泼得？况且财主口里的话极是有准的，他方才那先凶后吉的言语不是甚么好采头，切记要谨慎。飘洋的险事断然不可再试了，就是做别的生意，也要留个退步。我如今把二百两封好了，掘个地窖，藏在家中，只拿三百两去做生意。若是路上好走，没有惊吓，到第二次一齐带去作本。万一时运不通，又遇着意外之事，还留得一小半，回来又好别寻生理。"算计定了，就将二百两藏入地窖，三百两束缚随身，竟往湖广贩米。路上搭着一个老汉同行，年纪有六十多岁，说家主是襄阳府的经历，因解粮进京，回来遇着响马，把回批劫去，到省禀军门，军门不信，将家主禁在狱中。如今要进京去干文书来知会，只是衙门使用与往来盘费，须得三百余金。家主是个穷官，不能料理，将来决有性命之忧。说了一遍，竟泪下起来。世良见他是个义仆，十分怜悯，只是爱莫能助，与他同行同宿，过了几晚。一日宿在饭店，天明起来束装，不见了一个盛银子的顺袋。世良大惊，说店中有贼。主人家查点客人，单少了那个同行的老汉。世良知道被他拐去，赶了许多路，并无踪影，只得捶胸顿足，哭了一场，依旧回家。心上思量道："亏我留个退步，若依了财主的话，如今屁也没得放了。"只得把地窖中的银子掘将起来，仍往湖广贩米。到了地头，寻个行家住下，因客多米少，坐了等货。

一日见行中有个客人，面貌身材与世良相似，听他说话，也是广东的声音，世良问道："兄数月之前可曾问杨百万借银子么？"那客人道："去便去一次，他不曾有得借我。"世良道："我道有些面善，那日小弟也在那边，听见他说兄的话过于莽戆，小弟也替兄不平。"那客人道："他的话虽太直，眼睛原相得不差。小弟自他相过之后，弄出一桩人命官司，千金薄产费去三分之二。如今只得将余剩田地卖了二百金，出来做客，若趁钱便好，万一折本，就要合着他的话了。"世良道："他的话断凶便有准，断吉一些也不验。"就将杨百万许他做财主、自己被劫被拐的话细说一番。那客人道："我闻得他相中一人，说将来也有他的家事，不想就是老兄，这等失敬了。"就问世良的姓名，世良对他说过，少不得也回问姓名，他道："小弟也姓秦，名世芳，在南海县西乡居住。"世良道："这也奇了，面貌又相同，姓又相同，名字也像兄弟一般，前世定有些缘分，兄若不弃，我两个结为手足何如？"世芳道："照杨百万的相法，老兄乃异日之陶朱，小弟实将来之饿莩，怎敢仰攀？"世良道："休得取笑。"两人办下三牲，写出年纪生日，世芳为兄，世良为弟，就在神前结了金石之盟。两个搬做一房，日间促膝而谈，夜间抵足而睡，情意甚是绸缪。

一日主人家道："米到了，请兑银子买货。"世良尽为弟之道，让世芳先买。世芳进去取银子，忽然大叫起来道："不好了，银子被人偷去了！"走出来埋怨主人家说："我房里并无别人往来，毕竟是你家小厮送茶送饭看在眼里，套开锁来取去了。我这二百两不是银子，是一家人的性命。你若不替我查出来，我就死在你家，决不空手回去！"主人家道："舍下的小厮俱是亲丁，决无做贼之理。这注银子毕竟到同房共宿的客人里面去查，查不出来，然后鸣神发咒，我主人家是没得赔的。"世芳道："同房共宿的只有这个舍弟，他难道能做这样歹事不成？"主人家道："你这兄弟又不是同宗共祖的，又不是一向结拜的，不过是萍水相逢，偶然投契，如今的盟兄盟弟里面无所不至的事都做出来，就是你信得他过，我也信他不过。"世良道："这等说，明明是我偷来了，何不将我的行李取出来搜一搜？"主人家道："自然要搜，不然怎得明白？"世良气忿忿走进房去，把行李尽搬出来，教世芳搜。世芳不肯搜，世良自己开了顺袋，取出一封银子道："这是我自己的二百两，此外若再有一封，就是老兄的了。"主人家道："怎么他是二百两，你恰好也是二百两，难道一些零头都没有？这也有些可疑。"就问世芳道："你的银子是多少一封，每封是多少件数，可还记得？"世芳道："我的银子是血产卖来的，与性命一般，怎么记不得？"就把封数件数说了一遍。主人家又问世良道："你的封数件数也要说来，看对不对。"世良的银子原是借来就分开的，藏在地下已经两月，后面取出来见原封不动，就不曾解开，如今那里记得？就答应道："我的银子藏多时了，封数便记得，件数却记不得。"主人家道："看兄这个光景也不像有银子藏多时的，这句话一发可疑。如今只看与他的件数对不对就知道了。"竟把银子拆开一看，恰好与世芳说的封数、件数一一相同。主人家道："如今还有甚么辨得？"就把银子递与世芳，世芳又细细看了一遍道："数目也相同，银水也相似，只是纸包与字迹全然不是，也还有些可疑。"主人家道："有你这样呆客人，他既偷了去，难道不会换几张纸包包，写几个字混混？如今银子查出来了，随你认不认，只是不要胡赖我家小厮。"说完，竟进去了。

世良气得目瞪口呆，有话也说不出。世芳道："贤弟，这桩事教劣兄也难处。欲待不认，我的银子查不出，一家性命难存；欲待认了，又恐有屈贤弟。如今只得用个两全之法。大家认些晦气，各分一半去做本钱，胡卢提结了这个局罢。"世良道："岂有此理，若是小弟的银子，老兄分毫认不得；若是老兄的银子，小弟分毫取不得。事事都可以仗义，只有这项银子是仗不得义的。老兄若仗义让与小弟，就是独为君子；小弟若仗义让与老兄，就是甘为小人了。"世芳道："这等怎么处？"世良道："如今只好明之于神。若是老兄肯发咒，说此银断断是你的，小弟情愿空手回去；若是小弟肯发咒，说此银断断是我的，老兄也就说不得要袖手空回。小弟宁可别处请罪了。"世芳道："贤弟不消这等固执，管仲是千古的贤人，他当初与鲍叔交财也有糊涂的时节。

鲍叔知道他家贫，也蒙胧不加责备。如今神圣面前不是儿戏得的，还是依劣兄，各分一半的是。"两个人争论不止，那些众客人与主人家都替世芳不服道："明明是你的银子，怎么有得分与他？"又对世良道："我这行里是财帛聚会的所在，不便容你这等匪人，快把饭钱算称还了走。"世良是个有血性的人，那里受得这样话起？就去请了城隍、关圣两分纸马，对天跪拜说："这项银两若果然是我偷他的，教我如何如何。"只表自己的心，再不咒别人一句。拜完，将饭账一算，立刻称还，背了包裹就走。世芳苦留不住，只得瞒了众人，分那一百两，赶到路上去送他，他只是死推不受。别了世芳，竟回南海，依旧去见杨百万，哭诉自己命穷，不堪扶植，辜负两番周济之恩，惭愧无地。说话之间，露出许多踧踖不安之态。杨百万又把好言安慰一番，到底不悔，还要把银子借他，被他再三辞脱。从此以后，纠集几个蒙童学生处馆过日。那些地方邻里因杨百万许他做财主，就把"财主"二字做了他的别号，遇见了也不称名，也不道姓，只叫"老财主"，一来笑他不替杨百万争气，二来见得杨百万的眼睛也会相错了人。

却说秦世芳自别世良之后，要将银子买米，不想因送世良迟了一日，米被别人买去了，止剩下几石担稻子。主人家道："你若不买，又有几日等货，不如买下来，自己舂做米，一般好装去卖，省得耽搁工夫。"世芳道："也说得是。"就尽二百两银子买了，因有便舡下瓜洲，等不得舂，竟将稻子搬运下船，要思量装到地头，舂做米卖。不想那一年淮扬两府饥馑异常，家家户户做种的稻子都舂米吃了，等到播种之际，一粒也无，稻子竟卖到五两一担。世芳货到，千人万人争买，就是珍珠也没有这等值钱。不上半月工夫，卖了一本十利，二百两银子变做二千，不知那里说起。又在扬州买了一宗芥茶，装到京师去卖，京师一向只吃松萝，不吃芥茶的，那一年疫病大作，发热口干的人吃了芥茶，即便止渴，世芳的茶叶竟当了药卖。不上数月，又是一本十利。世芳做到这个地步，真是平地登仙，思量杨百万的说话，竟是狗屁，恨不得飞到家中，问他的嘴。就在京师搭了便船，路上又置些北货，带到扬州发卖。虽然不及以前的利息，也有个四五分钱。此时连本算来，将有三万之数。又往苏州买做绸缎，带回广东。

不一日到了自家门前，货物都放在船上，自己一人先走进去。妻子见他回来，大惊小怪的问道："你这一向在那里，做些甚么勾当？"世芳道："我出门去做生意，你难道不晓得，要问起来？"妻子道："这等你生意做得何如?"世芳大笑道:"一本百利,如今竟是个大财主了。"妻子一发大惊道:"这等你本钱都没有,把甚么趁来的?"世芳道:"你的话好不明白,我把田地卖了二百两银子,带去做生意的,怎么说本钱都没有?"妻子道:"你那二百两银子现在家中,何曾带去?"世芳不解其故,只管睁着眼睛相妻子。妻子道:"你那日出门之后,我晚间上床去睡,在枕头边摸着一封银子,就是那宗田价。只说你本钱掉在家中,毕竟要回来取,谁知望了一向,再不见到。我只怕你没有盘费,流落在异乡,你怎么倒会做起财主来?"世芳呆了半日,方才叹一口气道:"银子便趁了这些,负心人也做得够了。"妻子问甚么原故,世芳就将下处寻不见银子、疑世良偷去的话说了一遍。妻子道:"这等你的本钱是那个人的银子了。银子虽是他的,时运却是你自己的。如今拼得把这二百两送去还他就是。"世芳道:"岂有此理,有本才有利,我若不是他这注本钱,莫说做生意,就是盘缠也没得回来。那时节把他的银子错来也罢了,还教他认一个贼去。仔细想来,我成得个甚么人?如今只有一说,将本利一齐送去还他,随他多少分些与我,一来赔他当日之罪,二来也见我不是有意负心,这才是个男子。"妻子道:"自己天大的造化,趁得这注银子,怎么白白拿去送人?你就送与他,他只说自己本钱上生出来的,也决不感激你,为甚么做这样呆事?"

世芳见妻子不明道理,随口答应了几句,当晚把货物留在舟中,不发上岸,只说装到别处去卖。次日杀了猪羊,还个愿心,请邻舍吃盅喜酒。第三日坐了货船,竟往南海去访世良的踪迹。问到他家,只见一间稀破的茅屋,几堵倾塌的土墙,两扇柴门,上面贴一副对联道:

　　数奇甘忍辱　　形秽且藏羞

世芳见了,知道为他而发,甚是不安。推开门来,只见许多蒙童坐在那边写字,世良朝外坐了打瞌睡,衣衫甚是褴褛。世芳走到面前,叫一声"贤弟醒来",世良吓出一身冷汗,还像世芳赶来羞辱他的一般,连忙走下来作揖,口里"千惭愧、万惭愧",世芳作了一个揖,竟跪下来磕头,口里只说"劣兄该死",世良不知那头事发,也跪下来对拜。拜完了分宾主坐下,世良问道:"老兄一向生意好么?"世芳道:"生意甚是趁钱,不上一年,做了上百个对合,这都是贤弟的福分。劣兄今日一来负荆请罪,二来连本连利送来交还原主,请贤弟验收。"世良大惊道:"这是甚么说话?小弟不解。"世芳把到家见妻子,说本钱不曾带去的话述了一遍,世良笑一笑道:"这等说来,小弟的贼星出命了。

如今事已长久，尽可隐瞒，老兄肯说出来，足见盛德。小弟是一个命薄之人，不敢再求原本，只是洗去了一个贼名，也是桩侥幸之事，心领盛情了。"世芳道："说那里话，劣兄若不是贤弟的本钱，莫说求利，就是身子也不得回家，岂有负恩之理？如今本利共有三万之数，都买了绸缎，现在舟中，贤弟请去发了上来。劣兄虽然去一年工夫，也不过是侥天之幸，不曾受甚么辛苦。贤弟若念结义之情，多少见惠数百金，为心力之费则可；若还推辞不受，是自己独为君子，教劣兄做贪财负义的小人了。"说完，竟扯世良去收货。世良立住道："老兄不要矫情，世上那有自己求来的富贵，舍与别人之理？古人常道：'不义取财，如以身为沟壑。'小弟若受了这些东西，只当把身子做了毛坑，凡世间不洁之物，都可以丢来了，这是断然不要的。"世芳变起脸来道："贤弟若苦苦不受，劣兄把绸缎发上来，堆在空野之中，买几担干柴，放一把火，烧去了就是。"世良见他言词太执，只得陪个笑脸道："老兄不要性急，今日晚了，且在小馆荒宿，明早再做商量，多少领些就是。"一边说，一边扯个学生到旁边，唧唧哝哝的商议，无非是要预支束修，好做东道主人之意。世芳知道了，就叫世良过来道："贤弟不消费心，劣兄昨日到家，因一路平安，还个小愿，现带些祭余在船上，取来做夜宵就是。"世良也晓得束修预支不来，落得老实些，做个主人扰客。当晚叙旧谈心，欢畅不了。

说话之间，偶然谈起杨百万来，世芳道："他空负半生风鉴之名，一些眼力也没有，只劣兄一人就可见了。他说我无论做生意不做生意，千金之产，同归于尽。我坐家的命虽然不好，做生意的时运却甚是亨通，如今这些货物虽不是自己的东西，料贤弟是仗义之人，多少决分些与我，我拿去营运起来，怕不挣个小小人家？可见他口里的话都是尽胡说的，我明日要去问他的口，贤弟可陪我去，且看他把甚么言语支吾？"世良道："我去到要去，只是借他一千银子，本利全无，不好见面。"世芳大笑道："你如今有了三万，还愁甚么一千？明日就当我面前，把本利算一算，发些绸缎还他就是了。"世良大喜道："极说得是。"

两个睡了一晚，次日是杨百万放银的日期。世芳道："我若竟去问他，他决要赖口，说去年并无此话，你难道好替我证他不成？我如今故意写一张借票，只说问他借一千两银子，他若不借，然后翻出陈话来，取笑他一场，使他无言对我，然后畅快。"算计定了，就写票同世良走去，依旧照前番的规矩，先把票子递了，伺候唱名。唱到秦世芳的名字，世芳故意装做失志落魄的模样，走上去等他相。杨百万从头至脚大概看了一遍，又把他脸上仔仔细细相了半个时辰，就对家人道："兑与他不妨，还得起的。"世芳道："老员外相仔细些，万一银子放落空不要懊悔。"杨百万道："若是去年借与你，就要落空；今年借去，再不会落空的。"世芳道："原来老员外也认得是去年借过的，既然如此，同是一个人，为甚么去年就借不起，今年就借得起？难道我的脸上多生出一双耳朵，另长出一个鼻子来了不成？"杨百万道："论你相貌，是个彻底的穷人，只是脸上气色比去年大不相同。去年是一团的滞气，不但生意不趁钱，还有官府口舌，我若把银子借你，只好贴你打官司；你如今脸上，不但滞气没有了，又生出许多阴骘纹来，毕竟做了天大一件好事，才有这等气色，将来正要发财。你如今莫说一千，二千也只管借去。只是有一句话要吩咐你，你自己的福分有限，须要帮着个大财主，与他合做生意，沾些时运过来，还你本少利多；若自己单枪独马去做，虽不折本，也只好趁些蝇头小利而已。"世芳被他这些话说得毛骨悚然，不觉跪下来道："老员外不是凡人，乃是神仙下界点化众生的，敢不下拜。"杨百万扶起来道："怎见得我是神仙？"世芳道："晚生今日不是来借银子，是来问口的，不想晚生的毛病，句句被老员外说着，不但不敢问口，竟要写伏便了。"就把去年相了回去，弄出人命官司，后来卖田作本，掉在家中不曾带去，错把世良的银子认做本钱，拿去做生意屡次得采，回来知道原故，将本利送还世良的话，备细说过一遍。世良也走过去说："去年湖广相遇的，就是这位仁兄。他如今连本利送来还我，我决无受他之理。烦老员外劝他，将货物装回，省得陷人于不义。"杨百万听了，仰天大笑一顿，对众人道："我杨老儿的眼睛可会错么？"指着世良道："我去年原说他，随你折本趁钱，总归到做财主了才住。如今折本折出上万银子来，可是折出来的财主么？我又说他不要费一毫气力，受一毫辛苦，现现成成做个安逸财主。如今别人替他走过千山万水，趁了银子送上门来，可是个安逸财主么？"阶下立着数百人，齐声喝采道："好相法，真是神仙！莫说秦兄该下跪，连我们都要拜服了。"杨百万又仰天笑了一顿，对世良道："这注钱财，你要辞也辞不得，不是我得罪他讲，他若不发这片好心，做这桩好事，莫说三万，就是三十万也依旧会去的。我如今替你酌处，一个出了本钱，一个费了心力，对半均分，再没得说。"世芳道："既蒙老员外吩咐，不敢不遵。只是这项本钱，原是他借老员外的，利钱自然该在公账里除，难道教他独认不成？"杨百万道："也说得是。"就叫家人把利钱一算，连本结个总账，共该一千三百两。世芳要一总除还，世良不肯道："你只受得二百两，其余的你不曾见面，难道强盗劫去的、拐子拐去的也要你认不成？"杨百万道："一发说得是。"就依世良，只算二百两的本利。世芳教人发了几箱绸缎，替他交明白了。杨百万又替他把船上货物对半分开，世良的发了上岸，世芳的留在舟中。当晚杨百万大排筵席，做戏相待，一来旌奖他二人尚义，二来夸示自家的相法不差。

世芳第二日别了世良将一半货物装载回去。走到自家门前，只见两扇大门忽然粉碎，竟像刀劐斧砍的一般。走进去问妻子，妻子睡在床上叫苦连天。问他甚么原故，妻子道："自从你去之后，夜间有上百强盗打进门来，说你有几万银子到家，将我捆了，教拿银子买命。我说银子货物都是丈夫带出去了，他只不信，直把我吊到天明方才散去。如今浑身紫胀，命在须臾。"世芳听了，叹口气道："杨百万活神仙也！他说我若不起这点好心，银子终久要去，如今一发验了。若不是我装去还他，放在家中，少不得都被强盗劫去。这等看起来，我落得做了一个好人，还拾到一半货物。"妻子道："如今有了这些东西，乡间断然住不得了，趁早进城去。"世芳道："杨百万原教我帮着个财主，沾他些时运，我如今看起来，以前的时运分明是世良兄弟的了。我何不搬进城去，依傍着他，莫说再趁大钱，就是保得住这些身家，也够得紧了。"就把家伙什物连妻子一齐搬下货船，依旧载到城中，与世良合买一所厅房同住。结契的朋友做了合产的兄弟，况且面貌又不差，不认得的竟说是同胞手足。

一日世良与世芳商议道："这些绸缎在本处变卖没有甚么利钱，你何不同了飘洋的客人到番里去走走，趁着好时运，或者飘得着也不可知。"世芳道："我也正有此意。"就把妻子托与世良照管，将两家分开的货物依旧合将拢来，世芳载去飘洋不提。

却说南海到了一个新知县，是个贡士出身，由府幕升来的。到任不多时，就差人访问："这边有百姓，叫做秦世良，请来相会。"差人问到世良家里，世良道："我与他并无相识，天下同名同姓的多，决不是我。"差人道："是不是也要进去见见。"就把世良扯到县中，传梆进去，知县请进私衙，教世良在书房坐了一会。只见帘里有人张了一张，走将进去，知县才出来相见。世良要跪，知县不肯，竟与他分庭抗礼，对面送坐。把世良的家世问了一遍，就道："本县闻得台兄是个儒雅之士，又且素行可嘉，所以请来相会。以后不要拘官民之礼，地方的利弊常来赐教，就是人有甚么分上相央，只要顺理，本县也肯用情，不必过于廉介。"世良谢了出去，思量道："我与他无一面之交，又没有人举荐，这是那里说起，难道是我前世的父亲不成？"隔了几时，又请进去吃酒，一日好似一日。地方上人见知县礼貌他，那个不趋奉，有事就来相央。替他进个徽号，叫做"白衣乡绅"。坏法的钱他也不趁，顺礼的事他也不辞，不上一年，受了知县五六千金之惠。一日进去吃酒，谈到绸缪之处，世良问道："治民与老爷前世无交，今生不熟，不知老爷为甚么原故一到就问及治民，如今天高地厚之恩再施不厌，求老爷说个明白，好待治民放心。"知县道："这个原故论礼是不该说破的，我见兄是盛德之人，且又相知到此，料想决不替我张扬，所以不妨直告。我前任原是湖广襄阳府的经历，只因解粮进京，转来失了回批，军门把我监禁在狱。我着个老仆进京干部文来知会，老仆因我是个穷官，没有银子料理，与兄路上同行，见兄有三百两银子带在身边，他只因救主心坚，就做了桩不良之事，把兄的银子拐进京去，替我干了部文下来，我才能够复还原职。我初意原要设处这项银子差人送来奉还的，不想机缘凑巧，我就升了这边的知县，所以一到就请兄相会。又怕别人来冒认，所以留在书房，教老仆在帘里识认，认得是了，我才出来相会。后来用些小情，不过是补还前债的意思，没有甚么他心。"说完了，就叫老仆出来，磕头谢罪。世良扶起道："这等你是个义士了，可敬可敬。"世良别了知县出去，绝口不提，自此以后往来愈加稠密。

却说世芳开舡之后，遇了顺风，不上一月，飘到朝鲜。一般也像中国，有行家招接上岸，替他寻人发卖。一日闻得公主府中要买绸缎，行家领世芳送货上门，请驸马出来看货。那驸马耳大须长，绝好一个人品，会说中国的话，问世芳道："你是那里人？叫甚么名字？"世芳道："小客姓秦，名世芳，是南海人。"驸马道："这等秦世良想是你兄弟么？"世芳道："正是，不知千岁那里和他熟？"驸马道："我也是中国人，当初因飘洋坏了船只，货物都沉在海中，喜得命不该死，抱住一块船板浮入岛内。因手头没有本钱，只得招集几个弟兄劫些货物作本。后面来到这边，本处国王见我相貌生得魁梧，就招我做驸马。我一向要把劫来的资本加利寄还中国之人，只是不晓得原主的名字。内中有一宗绸缎，上面有秦世良的图章字号，所以留心访问，今日恰好遇着你，也是他的造化。我如今一倍还他十倍，烦你带去与他。你的货不消别卖，我都替你用就是了。"说完，教人收进去，吩咐明日来领价。世芳过了一晚，同行家走去，果然发出两宗银子，一宗是昨日的货价，一宗是寄还世良的资本。世芳收了，又教行家替他置货。不数日买完，发下本船，一路顺风顺水，直到广州。

世良见世芳回来，不胜之喜，只晓得这次飘洋得利，还不晓得讨了陈账回来。世芳对他细说，方才惊喜不了。常常对着镜子自己笑道："不信我这等一个相貌，就有这许多奇福。奇福又都从祸里得来，所以更不可解。银子被人冒认了去，加上百倍送还，这也够得紧了。谁想遇着的拐子，又是个孝顺拐子，撞着的强盗，又是个忠厚强盗，个个都肯还起冷账来，那里有这样便宜失主！"世良只因色心淡薄，到此时还不曾娶妻。杨百万十分爱他，有个女儿新寡，就与他结了亲。妆奁甚厚，一发锦上添花。与世芳到老同居，不分尔我。后来直富了三代才住。

看官，你说这桩故事，奇也不奇？照秦世良看起来，相貌生得好的，只要不做歹事，后来毕竟发积，粪土也会变做黄金；照秦世芳看起来，就是相貌生得不好的，只要肯做好事，一般也会发积，饿莩可以做得财主。我这一回小说，就是一本相书，看官看完了，大家都把镜子照一照，生得上相的不消说了，万一尊容欠好，须要千方百计弄出些阴骘纹来，富贵自然不求而至了。只是一件，这回小说，一百个人看见，九十九个不信，都道"财与命相连，如今的人论钱论分，尚且与人争夺；那里有自己趁了几万银子，载上门去送与人的？这都是捏出来的谎话"；不知轻财重义的人，莫说当初，就是如今也还有。只是自己做不出来，眼睛又不曾看见，所以就觉得荒唐。我且再说一个现在的人，只举他生平一事，借来做个证据。

浙江省城内，有个姓柴的乡绅，是先朝参议公之子。兄弟并无一人，妹子倒有六个，一个是同胞生的，三个是继母生的，两个是庶母生的。继母嫁来之时，妆奁极厚，莫说资财之多，婢仆之盛，就是金珠也值数千金。后来尊公作了，继母也作了，从来父之待女，尚不能与儿子一般，况且兄之待妹，岂能够与手足一样？独他不然，把尊公所遗的宦囊，竟作七股分开，自己得一分，六个妹子各得一分。姊妹与兄弟一样分家，这是从古仅见之事。父亲的宦资既然分与姊妹，继母的奁资也该分与自家了？他又不然，珍珠不留一粒，金子不留一分，僮仆不留一个，尽与继母所生之三女，做个楚弓楚得，并同胞、庶母之妹，皆不得与焉。庶母所生之妹未嫁之时，其夫家有事，曾将田产来卖与他，他一一承受，每年替他办粮，把租米所粜的银子一毫不动；待遣嫁之时，连文券一齐交付与他，做个完璧归赵。至于同胞的妹子，丈夫中了进士，若把势利的人，就要偏厚他些了；他反于奁资之内，除去一千金，道他做了夫人，不愁没得穿戴，该损些下来，加厚诸妹。待同胞者如此，待继母、庶母者又如此，即此一事之中，具有几桩盛德。看官，你说这样的事，可是今人做得出的？他却不是古人，年纪不过六十多岁，因是野史，不便载名。自己也举了孝廉，儿子也登了仕路，可见盛德之人，自有盛德之报。这桩事杭州人没有一个不赞他的，难道也是谎话不成？但凡看书的，遇着忠孝节义之事，须要把无的认作有，虚的认做实，才起发得那种愿慕之心；若把"尽信书则不如无书"这两句话，预先横在胸中，那希圣希贤之事，一世也做不来了。

【评】

人都羡慕秦世良，我独羡慕秦世芳。秦世良的财主是天做的，秦世芳的财主是人做的。天做的财主学不来，羡慕他没用处；人做的财主学得来，羡慕他有用处。

第五回　女陈平计生七出

词云：

　　女性从来似水，人情近日如丸。《春秋》责备且从宽，莫向长中索短。

　　治世柏舟易矢，乱离节操难完。靛缸捞出白齐纨，纵有千金不换。

话说忠孝节义四个字，是世上人的美称，个个都喜欢这个名色。只是奸臣口里也说忠，逆子对人也说孝，奸夫何曾不道义，淫妇未尝不讲节，所以真假极是难辨。古云："疾风知劲草，板荡识忠臣。"要辨真假，除非把患难来试他一试。只是这件东西是试不得的，譬如金银铜锡，下炉一试，假的坏了，真的依旧剩还你；这忠孝节义将来一试，假的倒剩还你，真的一试就试杀了。我把忠孝义三件略过一边，单说个节字。明朝自流寇倡乱，闯贼乘机，以至沧桑鼎革，将近二十年，被掳的妇人车载斗量，不计其数，其间也有矢志不屈，或夺刀自刎、或延颈受诛的，这是最上一乘，千中难得遇一；还有起初勉强失身，过后深思自愧、投河自缢的，也还叫做中上；又有身随异类、心系故乡、寄信还家、劝夫取赎的，虽则腼颜可耻，也还情有可愿，没奈何也把他算做中下；最可恨者，是口餍肥甘、身安罗绮、喜唱奋调、怕说乡音，甚至有良人千里来赎、对面不认原夫的，这等淫妇，才是最下一流，说来教人腐心切齿。虽曾听见人说，有个仗义将军，当面斩淫妇之头，雪前夫之恨，这样痛快人心的事，究竟只是耳闻，不曾目见。看官，你说未乱之先，多少妇人谈贞说烈，谁知放在这欲火炉中一炼，真假都验出来了。那些假的如今都在，真的半个无存，岂不可惜。我且说个试不杀的活宝，将来做个话柄，虽不可为守节之常，却比那忍辱报仇的还高一等。看官，你们若执了《春秋》责备贤者之法，苛求起来，就不是末世论人的忠厚之道了。

　　崇祯年间，陕西西安府武功县乡间有个女子，因丈夫姓耿，排行第二，所以人都叫他耿二娘。生来体态端庄、丰姿绰约自不必说，却又聪慧异常，虽然不读一句书，不识一个字，他自有一种性里带来的聪明。任你区处不来的事，遇了他，他自然会见景生情，从人意想不到之处生个妙用出来，布摆将去。做的时节，人都笑他无谓，过后思之，却是至当不易的道理。在娘家做女儿的时节，有个邻舍在河边钓鱼，偶然把钓钩含在口里与人讲话，不觉的吞将下去，钩在喉内。线在手中，要扯出来，怕钩住喉咙；要咽下去，怕刺坏肚肠。哭又哭不得，笑又笑不得，去与医生商议，都说医书上不曾载这一款，那里会医？那人急了，到处逢人问计。二娘在家听见，对阿兄道："我有个法儿，你如此如此去替他扯出来。"其兄走到那家道："有旧珠灯取一盏来。"那人即时取到。其兄将来拆开，把糯米珠一粒一粒穿在线上，往喉咙里面直推，推到推不去处，知道抵着钩了，然后一手往里面勒珠，一手往外面抽线，用力一抽，钩扯直了，从珠眼里带将出来，一些皮肉不损，无人不服他好计。到耿家做媳妇，又有个妯娌从架上拿箱下来取衣服，取了衣服依旧把箱放上架去，不想架太高，箱太重，用力一擎，手骨兜住了肩骨，箱便放上去了，两手朝天，再放不下，略动一动，就要疼死。其夫急得没主意，到处请良医，问三老，总没做理会处。其夫对二娘道："二娘子，你是极聪明的，替我生个主意。"二娘道："要手下来不难，只把衣服脱去，教人揉一揉就好了。只是要几个男子立在身边，借他阳气蒸一蒸，筋脉才得和合。只怕他害羞不肯。"其夫道："只要病好，那里顾得！"就把叔伯兄弟都请来周围立住，把他上身衣服脱得精光，用力揉了一会，只不见好。又去问二娘，二娘道："四肢原是通连的，单揉手骨也没用，须把下身也脱了，再揉一揉腿骨，包你就好。"其夫走去，替他把裙脱了，解到裤带，其妇大叫一声"使不得"，用力一挣，两手不觉朝下，紧紧捏住裤腰。彼时二娘立在窗外，便走进去道："恭喜手已好了，不消脱罢。"原来起先那些揉四肢、借阳气的话，都是哄他的，料他在人面前决惜廉耻，自然不顾疼痛，一挣之间，手便复旧，这叫做"医者意也"。众人都大笑道："好计，好计！"从此替他进个徽号，叫做女陈平。但凡村中有疑难的事，就来问计。二娘与二郎，夫妻甚是恩爱，虽然家道贫穷，他惯会做无米之炊，绩麻拈草，尽过得去。

忽然流贼反来，东蹂西躏，男要杀戮，女要奸淫，生得丑的，淫欲过了，倒还丢下；略有几分姿色的，就要带去。一日来到武功相近地方，各家妇女都向二娘问计。二娘道："这是千百年的一劫，岂是人谋算得脱的？"各妇回去，都号啕痛哭，与丈夫永诀。也有寻剃刀的，也有买人言的，带在身边，都说等贼一到，即寻自尽，决不玷污清白之身。耿二郎对妻子道："我和你死别生离，只在这一刻了。"二娘道："事到如今，也没奈何。我若被他掳去，决不忍耻偷生，也决不轻身就死。须尽我平生的力量，竭我胸中的智巧去做了看。若万不能脱身，方才上这条路；倘有一线生机，我决逃回来，与你团聚。贼若一到，你自去逃生，切不可顾恋着我，做了两败俱伤。我若去后，你料想无银取赎，也不必赶来寻我，只在家中死等就是。"说完，出了几点眼泪，走到床头边摸了几块破布放在袖中；又取十个铜钱，教二郎到生药铺中去买巴豆。二郎道："要他何用？"二娘道："你莫管，我自有用处。"二郎走出门，众人都拦住问道："今正作何料理？"二郎把妻子的话叙述了一遍，又道："他寻几块破布带在身边，又教我去买巴豆，不知何用？"众人都猜他意思不出。二郎买了巴豆回来，二娘敲去了壳，取肉缝在衣带之中，催二郎远避，自己反梳头匀面，艳妆以待。

不多时，流贼的前锋到了。众兵看见二娘，你扯我曳。只见一个流贼走来，标标致致，年纪不上三十来岁，众兵见了，各各走开。二娘知道是个头目，双膝跪下道："将爷求你收我做了婢妾罢。"那贼头慌忙扶起道："我掳过多少妇人，不曾见你这般颜色，你若肯随我，我就与你做结发夫妻，岂止婢妾？只是一件，后面还有大似我的头目来，见你这等标致，他又要夺去，那里有得到我？"二娘道："不妨，待我把头发弄蓬松了，面上搽些锅煤，他见了我的丑态，自然不要了。"贼头搂住连拍道："初见这等有情，后来做夫妻，还不知怎么样疼热？"二娘妆扮完了，大队已到。总头查点各营妇女，二娘掩饰过了。贼头放下心，把二娘锁在一间空房，又往外面掳了四五个来，都是二娘的邻舍，交与二娘道："这几个做你的丫鬟使婢。"到晚教众妇煮饭烧汤，贼头与二娘吃了晚饭，洗了脚手，二娘欢欢喜喜脱了衣服，先上床睡，贼头见了二娘雪白的肌肤，好像馋猫遇着肥鼠，饿鹰见了嫩鸡。自家的衣服也等不得解开，根根衣带都扯断，身子还不曾上肚，那翘然一物已到了穴边，用力一抵，谁想抵着一块破布。贼头道："这是甚么东西？"二娘从从容容道："不

瞒你说，我今日恰好遇着经期，月水来了。"贼头不信，拿起破布一闻，果然烂血腥气。二娘道："妇人带经行房，定要生病。你若不要我做夫妻，我也禁你不得；你若果有此意，将来还要生儿育女，权且等我两夜。况且眼前替身又多，何必定要把我的性命来取乐。"贼头道："也说得是，我且去同他们睡。"二娘又搂住道："我见你这等年少风流，心上爱你不过，只是身不自由。你与他们做完了事，还来与我同睡，皮肉靠一靠也是甘心的。"贼头道："自然。"他听见二娘这几句肉麻的话，平日官府招不降的心，被他招降了；阎王勾不去的魂，被他勾去了。勉强爬将过去，心上好不难丢。

　　看官，你说二娘的月经为甚么这等来得凑巧？原来这是他初出茅庐的第一计。预先带破布，正是为此。那破布是一向行经用的，所以带血腥气，掩饰过这一夜，就好相机行事了。彼时众妇都睡在地下，贼头放出平日打仗的手段来，一个个交锋对垒过去，一来借众妇权当二娘发泄他一天狂兴，二来要等二娘听见，知道他本事高强。众妇个个欢迎，毫无推阻。预先带的人言、剃刀，只做得个备而不用；到那争锋夺宠的时节，还像恨不得把人言药死几个，剃刀割死几个，让他独自受用，才称心的一般。二娘在床上侧耳听声，看贼头说甚么话。只见他雨散云收，歇息一会，喘气定了，就道："你们可有银子藏在何处么？可有首饰寄在谁家么？"把众妇逐个都问将过去。内中也有答应他有的，也有说没有的，二娘暗中点头道："是了。"贼头依旧爬上床来，把二娘紧紧搂住，问道："你丈夫的本事比我何如？"二娘道："万不及一，不但本事不如，就是容貌也没有你这等标致，性子也没有你这等温存，我如今反因祸而得福了。只是一件，你这等一个相貌，那里寻不得一碗饭吃，定要在鞍马上做这等冒险的营生？"贼头道："我也晓得这不是桩好事，只是如今世上银子难得，我借此掳些金银，够做本钱，就要改邪归正了。"二娘道："这等你以前掳的有多少了？"贼头道："连金珠首饰算来，也有二千余金。若再掳得这些，有个半万的气候，我就和你去做老员外、财主婆了。"二娘道："只怕你这些话是骗我的，你若果肯收心，莫说半万，就是一万也还你有。"贼头听见，心上跳了几跳，问道："如今在那里？"二娘道："六耳不传道，今晚众人在此，不好说得，明夜和你商量。"

　　贼头只得勉强捱过一宵，第二日随了总头，又流到一处。预先把众妇安插在别房，好到晚间与二娘说话。才上床就问道："那万金在那里？"二娘道："你们男子的心肠最易改变，如今说与我做夫妻，只怕银子到了手，又要去寻好似我的做财主婆了。你若果然肯与我白头相守，须要发个誓，我才对你讲。"贼头听见，一个筋斗就翻下床来，对天跪下道："我后来若有变更，死于万刀之下。"二娘挽起道："我实对你说，我家公公是个有名财主，死不多年，我丈夫见东反西乱，世事不好，把本钱收起，连首饰酒器共有万金，掘一个地窖埋在土中。你去起来，我和你一世那里受用得尽？"贼头道："恐怕被人起去了。"二娘道："只我夫妻二人知道，我的丈夫昨日又被你们杀了，是我亲眼见的。如今除了我，还有那个晓得？况又在空野之中，就是神仙也想不到。只是我自己不好去，怕人认得。你把我寄在甚么亲眷人家，我对你说了那个所在，你自去起。"贼头道："我们做流贼的人，有甚么亲眷可以托妻寄子？况且那个所在，生生疏疏，教我从那里掘起？毕竟与你同去才好。"二娘道："若要同行，除非装做叫化夫妻，一路乞丐而去，人才认不出。"贼头道："如此甚好。既要扮做叫化，这辎重都带不得了，将来寄放何处？"二娘道："我有个道理，将来捆做一包，到夜间等众人睡静，我和你抬去丢在深水之中，只要记着地方，待起了大窖转来，从此经过，捞了带去就是。"贼头把他搂住，"心肝乖肉"叫个不了，道他又标致，又聪明，又有情意，"我前世不知做了多少好事，修得这样一个好内助也够得紧了，又得那一主大妻财。"当晚与二娘交颈而睡。料想明日经水自然干净，预先养精蓄锐，好奉承财主婆，这一晚竟不到众妇身边去睡。

到第三日，又随总头流到一处。路上恰好遇着一对叫化夫妻，贼头把他衣服剥下，交与二娘道："这是天赐我们的行头了。"又问二娘道："经水住了不曾？"二娘道："住了。"贼头听见，眉欢眼笑，摩拳擦掌，巴不得到晚，好追欢取乐。只见二娘到午后，忽然睡倒在床，娇啼婉转，口里不住叫痛。贼头问他哪里不自在，二娘道："不知甚么原故，下身生起一个毒来，肿得碗一般大，浑身发寒发热，好不耐烦。"贼头道："生在那里？"二娘举起纤纤玉指，指着裙带之下。贼头大惊道："这是我的命门，怎么生得毒起？"就将他罗裙揭起，绣裤扯开，把命门一看，只见：

　　　玉肤高耸，紫晕微含。深痕涨作浅痕，无门可入；两片合成一片，有缝难开。好像蒸过三宿的馒头，又似浸过十朝的淡菜。

贼头见了，好不心疼。替他揉了一会，连忙去捉医生，讨药来敷，谁想越敷越肿。那里晓得这又是二娘的一计？他晓得今夜断饶不过，预先从衣带中取出一粒巴豆，拈出油来，向牝户周围一擦。原来这件东西极是利害的，好好皮肤一经了他，即时臃肿，他在家中曾见人验过，故此买来带在身边。这一晚，贼头搂住二娘同睡，对二娘道："我狠命熬了两宵，指望今夜和你肆意取乐，谁知又生出意外的事来，叫我怎么熬得过？如今没奈何，只得做个太监行房，摩靠一摩靠罢了。"说完，果然竟去摩靠起来。二娘大叫道："疼死人，挨不得！"将汗巾隔着手，把他此物一捏。原来二娘防他此着，先把巴豆油染在汗巾上，此时一捏，已捏上此物，不上一刻，烘然发作起来。贼头道："好古怪，连我下身也有些发寒发热，难道靠得一靠就过了毒气来不成？"起来点灯，把此物一照，只见肿做个水晶棒槌。从此不消二娘拒他，他自然不敢相近。二娘千方百计，只保全这件名器，不肯假人，其余的朱唇绛舌，嫩乳酥胸，金莲玉指，都视为土木形骸，任他含咂摩捏，只当不知，这是救根本、不救枝叶的权宜之术。

睡到半夜，贼头道："此时人已睡静，好做事了。"同二娘起来，把日间捆的包裹抬去丢在一条长桥之下。记了桥边的地方，认了岸上的树木，回来把叫化衣服换了，只带几两散碎银子随身，其余的衣服行李尽皆丢下，瞒了众妇，连夜如飞的走。走到天明，将去贼营三十里，到店中买饭吃。二娘张得贼眼不见，取一粒巴豆拈碎，搅在饭中。贼头吃下去，不上一个时辰，腹中大泻起来。行不上二三里路，到登了十数次东。到夜间爬起爬倒，泻个不住。第二日吃饭，又加上半粒，好笑一个如狼似虎的贼头，只消粒半巴豆，两日工夫，弄得焦黄精瘦，路也走不动，话也说不出，晚间的余事，一发不消说了。贼头心上思量道："妇人家跟着男子，不过图些枕边的快乐。他前两夜被经水所阻，后两夜被肿毒所误，如今经水住了，肿毒消了，正该把些甜头到他，谁想我又病起痢来。要勉强奋发，怎奈这件不争气的东西，再也扶它不起。"心上好生过意不去，谁知二娘正为禁止此事。自他得病之后，愈加殷勤，日间扶他走路，夜间挽他上炕，有时爬不及，泻在席上，二娘将手替他揩抹，不露一毫厌恶的光景。贼头流泪道："我和你虽有夫妻之名，并无夫妻之实。我害了这等醒醒的病，你不但不憎嫌，反愈加疼热，我死也报不得你的大恩。"二娘把好话安慰了一番。

第三日行到本家相近地方，隔二三里寻一所古庙住下。吃饭时，又加一粒巴豆。贼头泻倒不能起身，对二娘道："我如今元气泻尽，死多生少，你若有夫妻之情，去讨些药来救我，不然死在目前了。"二娘道："我明日就去赎药。"次日天不亮，就以赎药为名，竟走到家里去。耿二郎起来开门，恰好撞着妻子，真是天上掉下来的，那里喜欢得了？问道："你用甚么计较逃得回来？"二娘把骗他起窖的话大概说了几句。二郎只晓得他骗得脱身，还不知道他原封未动。对二娘道："既然贼子来在近处，待我去杀了他来。"二娘道："莫慌，我还有用他的所在。你如今切不可把一人知道，星夜赶到某处桥下，深水之中有一个包裹，内中有二千多金的物事，取了回来，我自有处。"二郎依了妻子的话，寂不通风，如飞赶去。二娘果然到药铺讨了一服参苓白术散，拿到庙中，与贼头吃了，肚泻止了十分之三。将养三四日，只等起来掘窖。二娘道："要掘土，少不得用把锄头，待我到铁匠店中去买一把来。"又以买锄头为名，走回家去，只见桥下的物事，二郎俱已取回。二娘道："如今可以下手他了。只是不可急遽，须要如此如此，这般这般，不可差了一着。"说完换了衣服，坐在家中，不往庙中去了。

二郎依计而行，拿了一条铁索，约了两个帮手，走到庙中，大喝一声道："贼奴！你如今走到那里去？"贼头吓得魂不附体。二郎将铁索锁了，带到一个公众去处，把大锣一敲，高声喊道："地方邻里，三党六亲，都来看杀流贼！"众人听见，都走拢来。二郎把贼头捆了，高高吊起，手拿一条大棍，一面打一面问道："你把我妻子掳去，奸淫得好！"贼头道："我掳的妇人也多，不知那一位是你的奶奶？"二郎道："同你来的耿二娘，就是我的妻子。"贼头道："他说丈夫眼见杀了，怎么还在？这等看起来，以前的话都是骗我的了。只是一件，我掳便掳他去，同便同他来，却与他一些相干也没有，老爷不要错打了人。"二郎道："利嘴贼奴，你同他睡了十来夜，还说没有相干，那一个听你？"擎起棍子又打。贼头道："内中有个原故，容我细招。"二郎道："我没有耳朵听你。"众人道："便等他招了再打也不迟。"二郎放下棍子，众人寂然无声，都听他说。贼头道："我起初见他生得标致，要把他做妻子，十分爱惜他。头一晚同他睡，见他腰下夹了一块破布，说经水来了，那一晚我与别的妇人同睡，不曾舍得动他。第二晚又熬了一夜。到第三晚，正要和他睡，不想他要紧去处生起一个毒来，又动不得。第四晚来到路上，他的肿毒才消，我的痢疾病又发了，一日一夜泻上几百次，走路说话的精神都没有，那里还有气力做那桩事？自从出营直泻到如今，虽然同行同宿，其实水米无交。老爷若不信时，只去问你家奶奶就是。"众人中有几个伶俐的道："是了是了，怪道那一日你道他带破布、买巴豆，我说要他何用，原来为此。这等看来，果然不曾受他淫污了。"内中也有妻子被掳的，又问他道："这等前日掳去的妇人，可还有几个守节的么？"贼头道："除了这一个，再要半个也没有，内中还有带人言、剃刀的，也拼不得死，都同我睡了。"问的人听见，知道妻子被淫，不好说出，气得面如土色。二郎提了棍子，从头打起，贼头喊道："老爷，我有二千多两银子送与老爷，饶了我的命罢。"众人道："银子在那里？"贼头道："在某处桥下，请去捞来就是。"二郎道："那都是你掳掠来的，我不要这等不义之财，只与万民除害！"起先那些问话的人，都恨这贼头不过，齐声道："还是为民除害的是！"不消二郎动手，你一拳，我一棒，不上一刻工夫，呜呼哀哉尚飨了。还有几个害贪嗔病的，想着那二千两银子，瞒了众人，星夜赶去掏摸，费尽心机，只做得个水中捞月。

看官，你说二娘的这些计较奇也不奇，巧也不巧？自从出门，直到回家，那许多妙计，且不要说，只是末后一着，何等神妙！他若要把他弄死在路上，只消多费几粒巴豆，有何难哉。他偏要留他送到家中，借他的口，表明自己的心迹，所以为奇。假如把他弄死，自己一人回来，说我不曾失身于流贼，莫说众人不信，就是自己的丈夫，也只说他是撇清的话，那见有靛青缸里捞得一匹白布出来的？如今奖语出在仇人之口，人人信为实录，这才叫做女陈平。陈平的奇计只得六出，他倒有七出。后来人把他七件事编做口号云：

　　一出奇，出门破布当封皮；二出奇，馒头肿毒不须医；三出奇，纯阳变做水晶槌；四出奇，一粒神丹泻倒脾；五出奇，万金谎骗出重围；六出奇，藏金水底得便宜；七出奇，梁上仇人口是碑。

【评】

从来守节之妇，俱是女中圣人。誓死不屈的，乃圣之清者也；忍辱报仇的，乃圣之任者也。耿二娘这一种，乃圣之和者也。不但叫做女陈平，还可称为雌下惠。

第六回　男孟母教合三迁

词云：

　　南风不识何由始，妇人之祸贻男子。翻面凿洪濛，无雌硬打雄。

向隅悲落魄，试问君何乐？龌龊其难当，翻云别有香。

这首词叫做《菩萨蛮》，单为好南风的下一针砭。南风一事，不知起于何代，创自何人，沿流至今，竟与天造地设的男女一道争锋比胜起来，岂不怪异？怎见男女一道是天造地设的？但看男子身上凸出一块，女子身上凹进一块，这副形骸岂是造作出来的？男女体天地赋形之意，以其有余，补其不足，补到恰好处，不觉快活起来，这种机趣岂是矫强得来的？及至交媾以后，男精女血，结而成胎，十月满足，生男育女起来，这段功效岂是侥幸得来的？只为顺阴阳交感之情，法乾坤覆载之义，像造化陶铸之功，自然而然，不假穿凿，所以亵狎而不碍于礼，顽耍而有益于正。至于南风一事，论形则无有余、不足之分，论情则无交欢共乐之趣，论事又无生男育女之功，不知何所取义，创出这桩事来？有苦于人，无益于己，做他何用？亏那中古之时，两个男子好好的立在一处，为甚么这一个忽然就想起这桩事，那一个又欣然肯做起这桩事来？真好一段幻想。况且那尾闾一窍，是因五脏之内污物无所泄，秽气不能通，万不得已生来出污秽的。造物赋形之初，也怕男女交媾之际，误入此中，所以不生在前而生在后，即于分门别户之中，已示云泥霄壤之隔；奈何盘山过岭，特地寻到那幽僻之处去掏摸起来。或者年长鳏夫，家贫不能婚娶，借此以泄欲火；或者年幼姣童，家贫不能糊口，借此以觅衣食，也还情有可原；如今世上，偏是有妻有妾的男子酷好此道，偏是丰衣足食的子弟喜做此道，所以更不可解。此风各处俱尚，尤莫盛于闽中。由建宁、邵武而上，一府甚似一府，一县甚似一县。不但人好此道，连草木是无知之物，因为习气所染，也好此道起来。深山之中有一种榕树，别名叫做南风树，凡有小树在榕树之前，那榕树毕竟要斜着身子去勾搭小树，久而久之，勾搭着了，把枝柯紧紧缠在小树身上，小树也渐渐倒在榕树怀里来，两树结为一树，任你刀锯斧凿，拆他不开，所以叫做南风树。近日有一才士听见人说，只是不信，及至亲到闽中，看见此树，方才晓得六合以内，怪事尽多，俗口所传、野史所载的，不必尽是荒唐之说。因题一绝云：

　　并蒂芙蓉连理枝，谁云草木让情痴？
　　人间果有南风树，不到闽天那得知。

　　看官，你说这个道理解得出，解不出？草木尚且如此，那人的癖好一发不足怪了。如今且说一个秀士与一个美童，因恋此道而不舍，后来竟成了夫妻，还做出许多义夫节妇的事来，这是三纲的变体、五伦的闰位，正史可以不载、野史不可不载的异闻，说来醒一醒睡眼。

　　嘉靖末年，福建兴化府莆田县，有个廪膳秀才，姓许名葳字季芳，生得面如冠玉，唇若涂朱。少年时节，也是个出类拔萃的龙阳，有许多年长朋友攒住他，终日闻香嗅气，买笑求欢，那里容他去攻习举业？直到二十岁外，头上加了法网，嘴上带了刷牙，渐渐有些不便起来，方才讨得几时闲空，就去奋志萤窗，埋头雪案，一考就入学，入学就补廪，竟做了莆田县中的名士。到了廿二三岁，他的夫星便退了，这妻星却大旺起来。为甚么原故？只因他生得标致，未冠时节，还是个孩子，又像个妇人，内眷们看见，还像与自家一般，不见得十分可羡；到此年纪，雪白的皮肤上面出了几根漆黑的髭须，漆黑的纱巾底下露出一张雪白的面孔，态度又温雅，衣饰又时兴，就像苏州虎丘山上绢做的人物一般，立在风前，飘飘然有凌云之致。你道妇人家见了，那个不爱？只是一件，妇人把他看得滚热，他把妇人却看得冰冷。为甚么原故？只因他的生性以南为命，与北为仇，常对人说："妇人家有七可厌。"人问他："那七可厌？"他就历历数道："涂脂抹粉，以假为真，一可厌也；缠脚钻耳，矫揉造作，二可厌也；乳峰突起，赘若悬瘤，三可厌也；出门不得，系若匏瓜，四可厌也；儿缠女缚，不得自由，五可厌也；月经来后，濡席沾裳，六可厌也；生育之余，茫无畔岸，七可厌也。怎如美男的姿色，有一分就是一分，有十分就是十分，全无一毫假借，从头至脚，一味自然。任我东南西北，带了随身，既少嫌疑，又无挂碍，做一对洁净夫妻，何等不妙？"听者道："别的都说得是了，只是'洁净'二字，恐怕过誉了些。"他又道："不好此者，以为不洁，那好此道的，闻来别有一种异香，尝来也有一种异味。这个道理，可为知者道，难为俗人言也。"听者不好与他强辩，只得由他罢了。

他后来想起"不孝有三，无后为大"，少不得要娶房家眷，度个种子。有个姓石的富家，因重他才貌，情愿把女儿嫁他，倒央人来做媒，成了亲事。不想嫁进门来，夫妇之情甚是冷落，一月之内进房数次，其余都在馆中独宿。过了两年，生下一子，其妻得了产痨之症，不幸死了。季芳寻个乳母，每年出些供膳，把儿子叫他领去抚养，自己同几个家僮过日。因有了子嗣，不想再娶妇人，只要寻个绝色龙阳，为续弦之计。访了多时，再不见有。福建是出男色的地方，为甚么没有？只因季芳自己生得太好了，虽有看得过的，那肌肤眉眼，再不能够十全。也有几个做毛遂自荐，来与他暂效鸾凤，及至交欢之际，反觉得珠玉在后，令人形秽。所以季芳鳏居数载，并无外遇。

那时节城外有个开米店的老儿，叫做尤侍寰，年纪六十多岁，一妻一妾都亡过了，只有妾生一子，名唤瑞郎，生得眉如新月，眼似秋波，口若樱桃，腰同细柳，竟是一个绝色妇人。别的丰姿都还形容得出，独有那种肌肤，白到个尽头的去处，竟没有一件东西比他。雪有其白而无其腻，粉有其腻而无其光。在襁褓之时，人都叫他做粉孩儿。长到十四岁上，一发白里闪红，红里透白起来，真使人看见不得。兴化府城之东有个胜境，叫做湄洲屿，屿中有个天妃庙。立在庙中，可以观海，晴明之际，竟与琉球国相望。每年春间，合郡士民俱来登眺。那一年天妃神托梦与知府，说："今年各处都该荒旱，因我力恳上帝，独许此郡有七分收成。"彼时田还未种，知府即得此梦，及至秋收之际，果然别府俱荒，只有兴化稍熟。知府即出告示，令百姓于天妃诞日，大兴胜会，酬他力恳上帝之功。到那赛会之时，只除女子不到，合郡男人，无论黄童白叟，没有一个不来。尤侍寰一向不放儿子出门，到这一日，也禁止不住。自己有些残疾，不能同行，叫儿子与邻舍家子弟做伴同去。临行千叮万嘱："若有人骗你到冷静所在去讲闲话，你切不可听他。"瑞郎道："晓得。"竟与同伴一齐去了。

这日凡是好南风的，都预先养了三日眼睛，到此时好估承色。又有一班作孽的文人，带了文房四宝，立在总路头上，见少年经过，毕竟要盘问姓名，穷究住处，登记明白，然后远观气色，近看神情，就如相面的一般。相完了，在名字上打个暗号。你道是甚么原故？他因合城美少辐辏于此，要攒造一本南风册，带回去评其高下，定其等第，好出一张美童考案，就如吴下评骘妓女一般。尤瑞郎与同伴四五人都不满十六岁，别人都穿红着紫，打扮得妖妖娆娆，独有瑞郎家贫，无衣妆饰，又兼母服未满，浑身俱是布素。却也古怪，那些估承色的，定考案的，都有几分眼力，偏是那穿红着紫的大概看看就丢过了，独有浑身布素的尤瑞郎，一千一万双眼睛都盯在他一人身上，要进不放他进，要退不放他退，扯扯拽拽，缠个不了。尤瑞郎来看胜会，谁想自家反做了胜会把与人看起来。等到赛会之时，挨挤上去，会又过了，只得到屿上眺望一番。有许多带攒盒上山的，这个扯他吃茶，那个拉他饮酒，瑞郎都谢绝了，与同伴一齐转去。

偶然回头，只见背后有个斯文朋友，年可二十余岁，丰姿甚美，意思又来得安闲，与那扯扯拽拽的不同。跟着瑞郎一同行走，瑞郎过东，他也过东；瑞郎过西，他也过西；瑞郎小解，他也小解；瑞郎大便，他也大便，准准了四五个时辰，又不问一句话，瑞郎心上甚是狐疑。及至下山时节，走到一个崎岖所在，青苔路滑，瑞郎一脚踏去，几乎跌倒。那朋友立在身边，一把挽住道："尤兄仔细。"一面相扶，一面把瑞郎的手心轻轻摸了几摸，就如搔痒的一般。瑞郎脸上红了又白，白了又红，白是惊白的，红是羞红的，一霎时露出许多可怜之态。对那朋友道：“若不是先生相扶，一跤直滚到山下，请问尊姓大号？”那朋友将姓名说来，原来就是鳏居数载、并无外遇的许季芳。彼此各说住处，约了改日拜访。说完，瑞郎就与季芳并肩而行，直到城中分路之处，方才作别。

瑞郎此时情窦已开，明晓得季芳是个眷恋之意，只因众人同行，不好厚那一个，所以借扶危济困之情，寓惜玉怜香之意，这种意思也难为他。莫说情意，就是容貌丰姿也都难得。今日见千见万，何曾有个强似他的？“我今生若不相处朋友就罢，若要相处朋友，除非是他，才可以身相许。”想了一会，不觉天色已晚，脱衣上床。忽然袖中掉出两件东西，拾起来看，是一条白绫汗巾，一把重金诗扇。你道是那里来的？原来许季芳跟他行走之时，预先捏在手里等候，要乘众人不见，投入瑞郎袖中。恰好遇着个扶跌的机会，两人袖口相对，不知不觉丢将过来，瑞郎还不知道。此时见了，比前更想得殷勤。

却说许季芳别了瑞郎回去，如醉如痴，思想兴化府中竟有这般绝色，不枉我选择多年，“我今日搔手之时，见他微微含笑，绝无拒绝之容，要相处他，或者也还容易。只是三日一交，五日一会，只算得朋友，叫不得夫妻，定要娶他回来，做了填房，长久相依才好。况且这样异宝，谁人不起窥伺之心？纵然与我相好，也禁不得他相处别人，毕竟要使他从一而终，方才遂我大志。若是小户人家，无穿少吃的，我就好以金帛相求；万一是旧家子弟，不希罕财物的，我就无计可施了。”翻来覆去，想到天明。

正要出城访问，忽有几个朋友走来道：“闻得美童的考案出了，贴在天妃庙中，我们同去看看如何？”季芳道：“使得。”就与众人一同步去。走到庙中，抬头一看，竟像殿试的黄榜一般，分为三甲，第一甲第一名就是尤瑞郎。众人赞道：“定得公道，昨日看见的，自然要算他第一。”又有一个道：“可惜许季芳早生十年，若把你未冠时节的姿容留到今日，当与他并驱中原，未知鹿死谁手？”季芳笑了一笑，问众人道：“可晓得他家事如何？父亲作何生理？”众人中有一个道：“我与他是紧邻，他的家事瞒不得我，父亲是开米店的，当初也将就过得日子，连年生意折本，欠下许多债来，大小两个老婆俱死过了，两口棺木还停在家中不能殡葬，将来一定要受聘的。当初做粉孩儿的时节，我就看上他了，恨不得把气吹他大来。如今虽不曾下聘，却是我荷包里的东西，列位休来剪绺。”

季芳口也不开，别了众人回去。思想道：“照他这等说，难道罢了不成？

少不得要先下手。"连忙写个晚生帖子,先去拜他父亲,只说久仰高风,特来拜访,不好说起瑞郎之事。瑞郎看见季芳,连忙出来拜揖。季芳对侍寰道:"令郎这等长大,想已开笔行文了。晚生不揣,敢邀入社何如?"侍寰道:"庶民之子,只求识字记账,怎敢妄想功名?多承盛意,只好心领。"季芳、瑞郎两人眉来眼去,侍寰早已看见,明晓得他为此而来,不然一个名士,怎肯写晚生帖子,来拜市井之人?心上明白,外面只当不知。三人坐了一会,分别去了。

侍寰次日要去回拜季芳,瑞郎也要随去,侍寰就引他同行。季芳谅他决来回拜,恨不得安排香案迎接。相见之时,少不得有许多谦恭的礼数,亲热的言词,坐了半晌,方才别去。看官,你道侍寰为何这等没志气,晓得人要骗他儿子,全无拒绝之心,不但开门揖盗,又且送亲上门,是何道理?要晓得那个地方,此道通行,不以为耻。侍寰还债举丧之物,都要出在儿子身上,所以不拒窥伺之人。这叫做"明知好酒,故意犯令"。既然如此,他就该任凭瑞郎出去做此道了,为何出门看会之时,又吩咐不许到冷静所在与人说话,这是甚么原故?又要晓得福建的南风,与女人一般,也要分个初婚、再醮。若是处子原身,就有人肯出重聘,三茶不缺,六礼兼行,一样的明婚正娶;若还拘管不严,被人尝了新去,就叫做败柳残花,虽然不是弃物,一般也有售主,但只好随风逐浪,弃取由人,就开不得雀屏,选不得佳婿了。所以侍寰不废防闲,也是韫椟待沽之意。

且说兴化城中自从出了美童考案,人人晓得尤瑞郎是个状元。那些学中朋友只除衣食不周的,不敢妄想天鹅肉吃,其余略有家事的人,那个不垂涎咽唾?早有人传到侍寰耳中。侍寰就对心腹人道:"小儿不幸,生在这个恶赖地方,料想不能免俗。我总则拼个蒙面忍耻,顾不得甚么婚姻论财、夷房之道。我身背上有三百两债负,还要一百两举丧,一百两办我的衣衾棺椁,有出得起五百金的,只管来聘,不然教他休想。"从此把瑞郎愈加管束,不但不放出门,连面也不许人见。福建地方,南风虽有受聘之例,不过是个意思,多则数十金,少则数金,以示相求之意,那有动半千金聘男子的?众人见他开了大口,个个都禁止不提。那没力量的道:"他儿子的后庭料想不是金镶银裹的,'岂其娶妻,必齐之姜?'便除了这个小官,不用也罢。"那有力量的道:"他儿子的年纪,还不曾二八,且熬他几年,待他穷到极处,自然会跌下价来。"所以尤瑞郎的桃夭佳节,又迟了几时。只是思量许季芳,不能见面,终日闭在家中,要通个音信也不能够。不上半月,害起相思病来,求医不效,问卜无灵。邻家有个同伴过来看他，问起得病之由，瑞郎因无人通信，要他做个氤氲使者，只得把前情直告。同伴道："这等何不写书一封，待我替你寄去，教他设处五百金聘你就是了。"瑞郎道："若得如此，感恩不尽。"就研起墨来，写了一个寸楮，订封好了，递与同伴。同伴竟到城外去寻季芳，问到他的住处，是一所高大门楣。同伴思量道："住这样房子的人，一定是个财主，要设处五百金，料也容易。"及至唤出人来一问，原来数日之前，将此房典与别人，自己搬到城外去住了。同伴又问了城外的住处，一路寻去，只见数间茅屋，两扇柴门，冷冷清清，杳无人迹。门上贴一张字道：

　　不佞有小事下乡，凡高明书札，概不敢领，恐以失答开罪，亮之宥之。

　　同伴看了，转去对瑞郎述了一遍，道："你的病害差了，他门上的字明明是拒绝你的，况且房子留不住的人，那里有银子干风流事？劝你及早丢开，不要痴想。"瑞郎听了，气得面如土色，思量一会，对同伴道："待我另写一封绝交书，连前日的汗巾、扇子烦你一齐带去。若见了他，可当面交还，替我骂他几句；如若仍前不见，可从门缝之中丢将进去，使他见了，稍泄我胸中之恨。"同伴道："使得。"瑞郎爬起来，气忿忿地写了一篇，依旧钉封好了，取出二物，一齐交与同伴。同伴拿去，见两扇柴门依旧封锁未开，只得依了瑞郎的话，从门缝中塞进去了。

　　看官，你道许季芳起初何等高兴，还只怕贿赂难通；如今明白出了题目，正好做文字了，为何全不料理，反到乡下去游荡起来？要晓得季芳此行，正为要做情种。他的家事，连田产屋业，算来不及千金。听得人说，尤侍寰要五百金聘礼，喜之不胜道："便尽我家私，换得此人过来消受几年，就饿死了也情愿。"竟将住房典了二百金，其余三百金要出在田产上面，所以如飞赶到乡下去卖田。恐怕同窗朋友写书来约他做文字，故此贴字在门上，回复社友，并非拒绝瑞郎。忽一日得了田价回来，兴匆匆要央人做事，不想开开大门，一脚踏着两件东西，拾起一看，原来就是那些表记。当初塞与人，人也不知觉；如今塞还他，他也不知觉，这是造物簸弄英雄的个小小伎俩。季芳见了，吓得通身汗下，又不知是他父亲看见，送来羞辱他的；又不知是有了售主，退来回复他的，那一处不疑到？把汗巾捏一捏，里面还有些东西，解开却是一封书札。拆来细看，上写道：

　　窃闻有初者鲜终，进锐者退速。始以为岂其然？而今知真不谬也。

　　妃宫謦遇，委曲相随；持危扶颠，备示悯恤。归而振衣拂袂，复见明珠暗投，以为何物才人，情痴乃尔；因矢分桃以报，谬思断袖之欢，讵意后宠未承，前鱼早弃。我方织苏锦为献，君乃署翟门以辞。曩如魍魉逐影，不知何所见而来？今忽鼠窜抱头，试问何所闻而去？君既有文送穷鬼，我宁无剑斩情魔？纨扇不戴仁风，鲛绡枉沾泪迹。谨将归赵，无用避秦。

季芳看了，大骇道："原来他寄书与我，见门上这几行傍字，疑我拒绝他，故此也写书来拒绝我。这样屈天屈地的事教我那里去伸冤？"到了次日，顾不得怪与不怪，肯与不肯，只得央人去做。尤侍寰见他照数送聘，一厘不少，可见是个志诚君子，就满口应承，约他儿子病好，即便过门。就将送来的聘金，还了债负，举了二丧，余下的藏为养老送终之费。这才合着古语一句道：有子万事足。

且说尤瑞郎听见受了许家之聘，不消吃药，病都好了。只道是绝交书一激之力，还不知他出于本心。季芳选下吉日，领了瑞郎过门，这一夜的洞房花烛，比当日娶亲的光景大不相同。有《撒帐词》三首为证：

其一

银烛烧来满画堂，新人羞涩背新郎。

新郎不用相扳扯，便不回头也不妨。

其二

花下庭前巧合欢，穿成一串倚阑干。

缘何今夜天边月，不许情人对面看？

其三

轻摩软玉嗅温香，不似游蜂掠蕊狂。

何事新郎偏识苦，十年前是一新娘。

季芳、瑞郎成亲之后，真是如鱼得水，似漆投胶，说不尽绸缪之意。瑞郎天性极孝，不时要回去看父亲。季芳一来舍不得相离，二来怕他在街上露形，启人窥伺之衅，只得把侍寰接来同住，晨昏定省，待如亲父一般。侍寰只当又生一个儿子，喜出望外。只是六十以上之人，毕竟是风烛草霜，任你百般调养，到底留他不住，未及一年，竟过世了。季芳哀毁过情，如丧考妣，追荐已毕，尽礼殡葬。瑞郎因季芳变产聘他，已见多情之至；后来又见待他父亲如此，愈加感深入骨，不但愿靠终身，还且誓以死报。他初嫁季芳之时，才十四岁，腰下的人道，大如小指，季芳同睡之时，贴然无碍，竟像妇女一般。及至一年以后，忽然雄壮起来，看他欲火如焚，渐渐的禁止不住，又有五个

多事的指头，在上面摩摩捏捏，少不得那生而知之、不消传授的本事，自然要试出来。季芳怕他辛苦，时常替他代劳，只是每到竣事之后，定要长叹数声。瑞郎问他何故，季芳只是不讲。瑞郎道："莫非嫌他有碍么？"季芳摇头道："不是。"瑞郎道："莫非怪他多事么？"季芳又摇头道："不是。"瑞郎道："这等，你为何长叹？"季芳被他盘问不过，只得以实情相告。指着他的此物道："这件东西是我的对头，将来与你离散之根就伏于此，教我怎不睹物伤情？"瑞郎大惊道："我两个生则同衾，死则共穴，你为何出此不祥之语，毕竟为甚么原故？"季芳道："男子自十四岁起，至十六岁止，这三年之间，未曾出幼，无事分心。相处一个朋友，自然安心贴意，如夫妇一般。及至肾水一通，色心便起，就要想起妇人来了。一想到妇人身上，就要与男子为仇，书上道：'妻子具而孝衰于亲。'有了妻子，连父母的孝心都衰了，何况朋友的交情？如今你的此物一日长似一日，我的缘分一日短似一日了。你的肾水一日多似一日，我的欢娱一日少似一日了。想到这个地步，教我如何不伤心？如何不叹气？"说完了，不觉放声大哭起来。瑞郎见他说得真切，也止不住泪下如雨。想了一会道："你的话又讲差了，若是泛泛相处的人，后来娶了妻子，自然有个分散之日；我如今随你终身，一世不见女子，有甚么色心起得？就是偶然兴动，又有个遣兴之法在此，何须虑他？"季芳道："这个遣兴之法，就是将来败兴之端，你那里晓得？"瑞郎道："这又是甚么原故？"季芳道："凡人老年的颜色，不如壮年，壮年的颜色，不如少年者，是甚么原故？要晓得肾水的消长，就关于颜色的盛衰。你如今为甚么这等标致？只因元阳未泄，就如含苞的花蕊一般，根本上的精液总聚在此处，所以颜色甚艳，香味甚浓。及至一开之后，精液就有了去路，颜色一日淡似一日，香味一日减似一日，渐渐地干鳖去了。你如今遣兴遣出来的东西，不是甚么无用之物，就是你皮里的光彩，面上的娇艳，底下去了一分，上面就少了一分。这也不关你事，是人生一定的道理，少不得有个壮老之日，难道只管少年不成？只是我爱你不过，无计留春，所以说到这个地步，也只得由他罢了。"瑞郎被他这些话说得毛骨竦然，自己思量道："我如今这等见爱于他，不过为这几分颜色，万一把元阳泄去，颜色顿衰，渐渐地惹厌起来，就是我不丢他，他也要弃我了，如何使得？"就对季芳道："我不晓得这件东西是这样不好的，既然如此，你且放心，我自有处。"

过了几日，季芳清早出门去会考。瑞郎起来梳头，拿了镜子，到亮处仔细一照，不觉疑心起来道："我这脸上的光景，果然比前不同了。前日是白里透出红来的，如今白到增了几分，那红的颜色却减去了。难道他那几句说话就这等应验，我那几点脓血就这等利害不成？他为我把田产卖尽，生计全无，我家若不亏他，父母俱无葬身之地，这样大恩一毫也未报，难道就是这样老了不成？"详细踌躇一会，忽然发起狠来道："总是这个孽根不好，不如断送了他，省得在此兴风起浪。做太监的人一般也过日子，如今世上有妻妾、没儿子的人尽多，譬如我娶了家小、不能生育也只看得，我如今为报恩绝后，父母也怪不得我。"就在箱里取出一把剃刀，磨得锋快，走去睡在春凳上，将一条索子一头系在梁上，一头缚了此物，高高挂起，一只手拿了剃刀，狠命一下，齐根去了，自己晕死在春凳上。因无人呼唤，再不得苏醒。

季芳从外边回来，连叫瑞郎不应，寻到春凳边，还只说他睡去，不敢惊醒，只见梁上挂了一个肉茄子，荡来荡去，捏住一看，才晓得是他的对头。季芳吓得魂不附体，又只见裤裆之内，鲜血还流，叫又叫不醒，推又推不动，只得把口去接气，一连送几口热气下肚，方才苏醒转来。季芳道："我无意中说那几句话，不过是怜惜你的意思，你怎么就动起这个心来？"说完，捶胸顿足，哭个不了；又悔恨失言，将巴掌自己打嘴。瑞郎疼痛之极，说不出话，只做手势，教他不要如此。季芳连忙去延医赎药，替他疗治。却也古怪，别人踢破一个指头，也要害上几时；他就像有神助的一般，不上月余，就收了口，那疤痕又生得古古怪怪，就像妇人的牝户一般。他起先的容貌体态，分明是个妇人。所异者几希之间耳；如今连几希之间都是了，还有甚么分辨？季芳就索性教他做妇人打扮起来，头上梳了云鬟，身上穿了女衫，只有一双金莲，不止三寸，也教他稍加束缚。瑞郎又有个藏拙之法，也不穿鞋袜，也不穿褶裤，做一双小小皂靴穿起来，俨然是戏台上一个女旦。又把瑞郎的"郎"字改做"娘"字，索性名实相称到底。从此门槛也不跨出，终日坐在绣房，性子又聪明，女工针指不学自会，每日爬起来，不是纺绩，就是刺绣，因季芳家无生计，要做个内助供给他读书。

那时节季芳的儿子在乳母家养大，也有三四岁了，瑞娘道："此时也好断乳，何不领回来自己抚养？每年也省几两供给。"季芳道："说得是。"就去领了回来。瑞娘爱若亲生，自不必说。

季芳此时娇妻嫩子都在眼前，正好及时行乐，谁想天不由人，坐在家中，祸事从天而降。忽一日，有两个差人走进门来道："许相公太爷有请。"季芳道："请我做甚么？"差人道："通学的相公有一张公呈，出首相公，说你私置腐刑，擅立内监，图谋不轨，太爷当堂准了，差我来拘；还有一个被害叫做尤瑞郎，也在你身上要。"季芳道："这等借牌票看一看。"差人道："牌票在我身上。"就伸出一只血红的手臂来。上写道：立拿叛犯许葳、阉童尤瑞郎赴审。

原来太守看了呈词，诧异之极，故此不出票，不出签，标手来拿，以示怒极之意。你道此事从何而起？只因众人当初要聘尤瑞郎，后来暂且停止，原是熬他父亲跌价的。谁想季芳拼了这主大钞，竟去聘了回来，至美为他所得，那个不怀妒忌之心？起先还说虽不能够独享，待季芳尝新之后，大家也普同供养一番，略止垂涎之意。谁想季芳把他藏在家中，一步也不放出去，天下之宝，不与天下共之，所以就动了公愤。虽然动了公愤，也还无隙可乘。若季芳不对人道痛哭，瑞郎也不下这个毒手；瑞郎不下这个毒手，季芳也没有这场横祸。所以古语道："无故而哭者不祥。"又道："运退遇着有情人。"一毫也不错。众人正在观衅之际，忽然听得这件新闻，大家哄然起来道："难道小尤就有这等痴情？老许就有这等奇福？偏要割断他那种痴情，享不成这段奇福。"故此写公呈出首起来。做头的就是尤瑞郎的紧邻、把瑞郎放在荷包里、不许别个剪绺的那位朋友。

当时季芳看了朱臂，进去对瑞郎说了。瑞娘惊得神魂俱丧，还要求差人延捱一日，好钻条门路，然后赴审。那差人知道官府盛怒之下，不可迟延，即刻就拘到府前，伺候升堂，竟带过去。太守把棋子一拍道："你是何等之人，把良家子弟阉割做了太监？一定是要谋反了！"季芳道："生员与尤瑞郎相处是真，但阉割之事，生员全不知道，是他自己做的。"太守道："他为甚么自己就阉割起来？"季芳道："这个原故生员不知道，就知道也不便自讲，求太宗师审他自己就是。"太守就叫瑞郎上去，问道："你这阉割之事，是他动手的，是你自己动手的？"瑞郎道："自己动手的。"太守道："你为甚么自己阉割起来？"瑞郎道："小的父亲年老，债负甚多，二母的棺柩暴露未葬，亏许秀才捐出重资，助我做了许多大事；后来父亲养老送终，总亏他一人独任。小的感他大恩，无以为报，所以情愿阉割了，服侍他终身的。"太守大怒道："岂有此理！你要报恩，那一处报不得，做起这样事来？身体发肤，受之父母，怎么为无耻私情，把人道废去？岂不闻不孝有三、无后为大么？我且先打你个不孝！"就丢下四根签来，皂隶拖下去，正要替他扯裤，忽然有上千人拥上堂来，喧嚷不住。福建的土音，官府听不出，太守只说审屈了事，众人鼓噪起来，吓得张惶无措。你道是甚么原故？只因尤瑞郎的美貌，是人人羡慕的，这一日看审的人，将有数千，一半是学中朋友。听见要打尤瑞郎，大家挨挤上去，争看美豚。皂隶见是学中秀才，不好阻碍，所以直拥上堂，把太守吓得张惶无措。太守细问书吏，方才晓得这个情由。皂隶待众人止了喧哗，立定身子，方才把瑞郎的裤子扯开，果然露出一件至宝。只见：

> 嫩如新藕，媚若娇花。光腻无滓，好像剥去壳的鸡蛋；温柔有缝，又像燠出甑的寿桃。就是吹一口，弹半下，尚且要皮破血流；莫道受屈棒，忍官刑，熬得不珠残玉碎。皂隶也喜南风，纵使硬起心肠，只怕也下不得那双毒手；清官也好门子，虽一时怒翻面孔，看见了也难禁一点婆心。

太守看见这样粉嫩的肌肤，料想吃不得棒起。欲待饶了，又因看的人多，不好意思。皂隶拿了竹板，只管沿沿摸摸，再不忍打下去。挨了一会，不见官府说饶，只得擎起竹板。

方才吃喝一声，只见季芳拼命跑上去，伏在瑞郎身上道："这都是生员害他，情愿替打。"起先众人在旁边赏鉴之时，个个都道："便宜了老许。"那种醋意，还是暗中摸索。此时见他伏将上去，分明是当面骄人了，怎禁得众人不发极起来？就一齐鼓掌哗噪道："公堂上不是干龙阳的所在，这种光景看不得！"太守正在怒极之时，又见众人哗噪，就立起身来道："你在本府面前尚且如此，则平日无耻可知。我少不得要申文学道，革你的前程，就先打后革也无碍！"说完，连签连筒推下来，皂隶把瑞郎放起，拽倒季芳，取头号竹板，恨命地砍。瑞郎跪在旁边乱喊，又当磕头，又当撞头，季芳打一下，他撞一下，打到三十板上，季芳的腿也烂了，瑞郎的头也碎了，太守才叫放起，一齐押出去讨保。众人见打了季芳，又革去前程，大家才消了醋块，欢然散了。太守移文申黜之后，也便从轻发落，不曾问那阉割良民的罪。

季芳打了回来，气成一病，恹恹不起，瑞郎焚香告天，割股相救，也只是医他不转。还怕季芳为他受辱亡身，临终要埋怨，谁想易箦之际，反捏住瑞郎的手道："我累你失身绝后，死有余辜。你千万不要怨怅。还有两件事叮嘱你，你须要牢记在心。"瑞郎道："那两桩事？"季芳道："众人一来为爱你，二来为妒我，所以构此大难。我死之后，他们个个要起不良之心，你须要远避他方，藏身敛迹，替我守节终身，这是第一桩事；我读了半世的书，不能发达，只生一子，又不曾教得成人，烦你替我用心训诲，若得成名，我在九泉也瞑目，这是第二桩事。"说完，眼泪也没有，干哭了一场，竟奄然长逝了。

瑞郎哭得眼中流血，心内成灰，欲待以身殉葬，又念四岁孤儿无人抚养，只得收了眼泪,备办棺衾。自从死别之日,就发誓吃了长斋,七七替他看经念佛。殡葬之后,就寻去路,思量十六七岁的人,带着个四岁孩子,还是认做儿子的好,认做兄弟的好?况且作孽的男子处处都有,这里尚南风,焉知别处不尚南风?万一到了一个去处,又招灾惹祸起来,怎么了得?毕竟要装做女子,才不出头露面,可以完节终身。只是做了女子,又有两桩不便,一来路上不便行走,二来到了地方,难做生意。踌躇几日,忽然想起有个母舅,叫做王肖江,没儿没女,只得一身,不如教他引领,一来路上有伴,二来到了地头,好寻生计。算计定了,就请王肖江来商量。肖江听见,喜之不胜道:"漳州原是我祖籍,不如搬到漳州去。你只说丈夫死了,不愿改嫁,这个儿子,是前母生的,一同随了舅公过活。这等讲来,任他南风北风,都吹你不动了。"瑞郎道:"这个算计真是万全。"就依当初把"郎"字改做"娘"字,便于称呼。

起先季芳病重之时,将余剩的产业卖了二百余金,此时除丧事费用之外,还剩一半,就连夜搬到漳州,赁房住下。肖江开了一个鞋铺,瑞娘在里面做,肖江在外面卖,生意甚行,尽可度日。孤儿渐渐长成,就拣了明师,送他上学,取名叫做许承先。承先的资质不叫做颖异,也不叫做愚蒙,是个可士可农之器。只有一件像种,那眉眼态度,宛然是个许季芳。头发也黑得可爱,肌肤也白得可爱。到了十二三岁,渐渐地惹事起来。同窗学生,大似他的,个个买果子送他吃。他又做陆绩怀桔的故事,带回来孝顺母亲。瑞娘思量道:"这又不是好事了。我当初只为这几分颜色,害得别人家破人亡,弄得自己东逃西窜,自己经过这番孽障,怎好不惩戒后人?"就吩咐承先道:"那送果子你吃的人,都是要骗你的,你不可认做好意。以后但有人讨你便宜,你就要禀先生,切不可被他捉弄。"承先道:"晓得。"不多几日,果然有个学长挖他窟豚,他禀了先生,先生将学长责了几板。回来告诉瑞娘,瑞娘甚是欢喜。不想过了几时,先生又瞒了众学生,买许多果子放在案头,每待承先背书之际,张得众人不见,暗暗地塞到承先袖里来。承先只说先生决无歹意,也带回来孝顺母亲。瑞郎大骇道:"连先生都不轨起来,这还了得?"就托故辞了,另拣个须鬓皓然的先生送他去读。

又过几时,承先十四岁,恰好是瑞娘当初受聘之年,不想也有花星照命。一日新知县拜客,从门首经过,仪从执事,摆得十分齐整。承先在店堂里看,那知县是个青年进士,坐在轿上一眼觑着承先,抬过四五家门面,还掉过头来细看。王肖江对承先道:"贵人抬眼看,便是福星临,你明日必有好处。"

不上一刻，知县拜客转来，又从门首经过，对手下人道："把那个穿白的孩子拿来。"只见两三个巡风皂隶如狼似虎赶进店来，把承先一索锁住，承先惊得号啕痛哭。瑞娘走出来，问甚么原故？那皂隶不由分说，把承先乱拖乱扯，带到县中去了。王肖江道："往常新官上任，最忌穿白的人，想是见他犯了忌讳，故此拿去惩治了。"瑞娘顾不得抛头露面，只得同了肖江赶到县前去看。原来是县官初任，要用门子，见承先生得标致，自己相中了，故此拿他来递认状的。瑞娘走到之时，承先已经押出讨保，立刻要取认状。瑞娘走到家中，抱了承先痛哭道："我受你父亲临终之托，指望教你读书成名，以承先人之志；谁想皇天不佑，使你做下贱之人，我不忍见你如此。待我先死了，你后进衙门，还好见你父亲于地下。"说完，只要撞死。肖江劝了一番，又扯到里面，商议了一会，瑞娘方才住哭。当晚就递了认状。第二日就教承先换了青衣，进去服役。知县见他人物又俊俏，性子又伶俐，甚是得宠。

却说瑞娘与肖江预先定下计较，写了一舱海船，将行李衣服渐渐搬运下去。到那一日，半夜起来，与承先三人一同逃走下船，曳起风帆，顷刻千里，不上数日，飘到广东广州府。将行李搬移上岸，赁房住下，依旧开个鞋铺。瑞娘这番教子，不比前番，日间教他从师会友，夜间要他刺股悬梁，若有一毫怠情，不是打，就是骂，竟像肚里生出来的一般。承先也肯向上，读了几年，文理大进。屡次赴考，府县俱取前列；但遇道试，就被攻冒籍的攻了出来。直到二十三岁，宗师收散遗才，承先混进去考，幸取通场第一，当年入场，就中了举。回来拜谢瑞娘，瑞娘不胜欢喜。

却说承先丧父之时，才得四岁，吃饭不知饥饱，那里晓得家中之事？自他从乳母家回来，瑞娘就做妇人打扮，直到如今。承先只说当真是个继母，那里去辨雌雄？瑞娘就要与他说知，也讲不出口。所以鹘鹘突突过了二十三年。直到进京会试，与福建一个举人同寓，承先说原籍也是福建，两下认起同乡来。那举人将他齿录一翻，看见父许葳，嫡母石氏，继母尤氏，就大惊道："原来许季芳就是令先尊？既然如此，令先尊当初不好女色，只娶得一位石夫人，何曾再娶甚么尤氏？"承先道："这个家母如今现在。"那举人想了一会，大笑道："莫非就是尤瑞郎么？这等他是个男人，你怎么把他刻作继母？"承先不解其故，那举人就把始末根由，细细的讲了一遍，承先才晓得这段希奇的故事。后来承先几科不中，选了知县。做过三年，升了部属。把瑞娘待如亲母，封为诰命夫人，终身只当不知，不敢提起所闻一字。就是死后，还与季芳合葬，题曰"尤氏夫人之墓"，这也是为亲者讳的意思。

看官，你听我道：这许季芳是好南风的第一个情种，尤瑞郎是做龙阳的第一个节妇，论理就该流芳百世了。如今的人，看到这回小说，个个都掩口而笑，就像鄙薄他的一般。这是甚么原故？只因这桩事不是天造地设的道理，是那走斜路的古人穿凿出来的，所以做到极至的所在，也无当于人伦。我劝世间的人，断了这条斜路不要走，留些精神施于有用之地，为朝廷添些户口，为祖宗绵绵嗣续，岂不有益！为甚么把金汁一般的东西，流到那污秽所在去？有诗为证：

> 阳精到处便成孩，南北虽分总受胎。
> 莫道龙阳不生子，蛆虫尽自后庭来。

【评】

若使世上的龙阳个个都像尤瑞郎守节，这南风也该好；若使世上的朋友个个都像许季芳多情，这小官也该做。只怕世上没有第二个尤、许，白白的损了精神，坏了行止，所以甚觉可惜。

第七回　人宿妓穷鬼诉嫖冤

词云：

> 访遍青楼窈窕，散尽黄金买笑。金尽笑声无，变作吠声如豹。承教承教，以后不来轻造。

这首词名为《如梦令》，乃说世上青楼女子，薄幸者多，从古及今，做郑元和、于叔夜的不计其数，再不见有第二个穆素徽、第三个李亚仙。做嫖客的人，须趁莲花未落之时，及早收拾锣鼓，休待错梦做了真梦，后来不好收场。世间多少富家子弟，看了这两本风流戏文，都只道妓妇之中一般有多情女子，只因嫖客不以志诚感动他，所以不肯把真情相报，故此尽心竭力，倾家荡产，去结识青楼，也要想做《绣襦记》《西楼梦》的故事。谁想个个都有开场，无煞尾，做不上半本，又有第二个郑元和、于叔夜上台，这李亚仙、穆素徽与他从新做起，再不肯与一个正生搬演到头，不知甚么原故？

万历年间，南京院子里有个名妓，姓金名荃，小字就叫做荃娘。容貌之娇艳，态度之娉婷，自不必说，又会写竹画兰，往来的都是青云贵客。有个某公子在南直坐监，费了二三千金结识他，一心要娶他作妾，只因父亲在南直做官，恐生物议，故此权且停消。自从相与之后，每月出五十两银子包他，不论自己同宿不同宿，总是一样。日间容他会客，夜间不许他留人。后来父亲转了北京要职，把儿子改做北监，带了随任读书。某公子临行，又兑六百两银子与他为一年薪水之费，约待第二年出京，娶他回去。荃娘办酒做戏，替他饯行，某公子就点一本《绣襦记》。荃娘道："启行是好事，为何做这样不吉利的戏文？"某公子道："只要你肯做李亚仙，我就为你打莲花落也无怨。"当夜枕边哭别，吩咐他道："我去之后，若听见你留一次客，我以后就不来了。"荃娘道："你与我相处了几年，难道还信我不过？若是欲心重的人，或者熬不过寂寞，要做这桩事；若是没得穿、没得吃的人，或者饥寒不过，没奈何要做这桩事。你晓得我欲心原是淡薄的，如今又有这注银子安家，料想不会饿死，为甚么还想接起客来？"某公子一向与他同宿，每到交媾之际，看他不以为乐，反以为苦，所以再不疑他有二心。此时听见这两句话，自然彻底相信了。分别之后，又曾央几次心腹之人，到南京装做嫖客，走来试他。他坚辞不纳，一发验出他的真心。

　　未及一年，就辞了父亲，只说回家省母，竟到南京娶他。不想走到之时，荃娘已死过一七了。问是甚么病死的？鸨儿道："自从你去之后，终日思念你，茶不思，饭不想，一日重似一日。临死之时，写下一封血书，说了几句伤心话，就没有了。"某公子讨书一看，果然是血写的，上面的话叙得十分哀切，煞尾那几句云：

　　　　生为君侧之人，死作君旁之鬼。乞收贱骨，携入贵乡。他日得践同穴之盟，吾目瞑矣。老母弱妹，幸稍怜之。

某公子看了，号咷痛哭，几不欲生。就换了孝服，竟与内丧一般。追荐已毕，将棺木停在江口，好装回去合葬，刻个"副室金氏"的牌位供在枢前，自己先回去寻地。临行又厚赠鸨母道："女儿虽不是你亲生，但他为我而亡，也该把你当至亲看待。你第二个女儿姿色虽然有限，他书中既托我照管，我转来时节少不得也要培植一番，做个屋乌之爱。总来你一家人的终身，都在我身上就是了。"鸨母哭谢而别。

　　却说某公子风流之兴虽然极高，只是本领不济，每与妇人交感，不是望门流涕，就是遇敌倒戈，自有生以来，不曾得一次颠鸾倒凤之乐。相处的名妓虽多，考校之期都是草草完篇，不交白卷而已。所以到处便买春方，逢人就问房术，再不见有奇验的。一日坐在家中，有个术士上门来拜谒，取出一封荐书，原来是父亲的门生，晓得他要学房中之术，特地送来传授他的。某公子如饥得食，就把他留在书房，朝夕讲究。那术士有三种奇方，都可以立刻见效。第一种叫做坎离既济丹，一夜只敌一女，药力耐得二更；第二种叫做重阴丧气丹，一夜可敌二女，药力耐得三更；第三种叫做群姬夺命丹，一夜可敌数女，药力竟可以通宵达旦。某公子当夜就传了第一种，回去与乃正一试，果然欢美异常。次日又传第二种，回去与阿妾一试，更觉得矫健无比。

术士初到之时，从午后坐到点灯，一杯茶汤也不见，到了第二、三日，那茶酒饮食渐渐的丰盛起来，就晓得是药方的效验了。及至某公子要传末后一种，术士就有作难之色。某公子只说他要索重谢，取出几个元宝送他，术士道："不是在下有所需索，只因那种房术不但微损于己，亦且大害于人，须是遇着极淫之妇，屡战不降，万不得已，用此为退兵之计则可，平常的女子动也是动不得的。就是遇了劲敌，也只好偶尔一试；若一连用上两遭，随你铁打的妇人，不死也要生一场大病。在下前日在南京偶然连用两番，断送了一个名妓。如今怕损阴德，所以不敢传授别人。"某公子道："那妓妇叫甚么名字，可还记得么？"术士道："姓金名荃，小字叫做荃娘，还不曾死得百日。"某公子大惊失色，呆了半晌，又问道："闻得那妇人近来不接客，怎么独肯留兄？"术士道："他与个甚么贵人有约，外面虽说不接客，要掩饰贵人的耳目，其实暗中有个牵头，夜夜领人去睡的。"某公子听了，就像发疟疾的一般，身上寒一阵，热一阵。又问他道："这个妇人，有几个敝友也曾嫖过，都说他的色心是极淡薄的。兄方才讲那种房术，遇了极淫之妇方才可用，他又不是个劲敌，为甚么下那样毒手摆布他？"术士道："在下阅人多矣，妇人淫者虽多，不曾见这一个竟是通宵不倦的，或者去嫖他的贵友本领不济，不能饱其贪心，故此假装恬退耳。他也曾对在下说过，半三不四的男子惹得人渴，救不得人饥，倒不如藏拙些的好。"某公子听到此处，九分信了，还有一分疑惑，只道他是赖风月的谎话，又细细盘问那妇人下身黑白何如，内里蕴藉何如？术士逐件讲来，一毫也不错。又说小肚之下、牝户之上有个小小香疤，恰好是某公子与他结盟之夜，一齐灸来做记认的。见他说着心窍，一发毛骨竦然，就别了术士，进去思量道："这个淫妇吃我的饭，穿我的衣，夜夜搂了别人睡，也可谓负心之极了。倒临终时节又不知那里弄些猪血狗血，写一封遗嘱下来，教我料理他的后事。难道被别人弄死，教我偿命不成？又亏得被人弄死，万一不死，我此时一定娶回来了。天下第一个淫妇，嫁着天下第一个本领不济之人，怎保得不走邪路、做起不尴不尬的事来？我这个龟名万世也洗不去了。

这个术士竟是我的恩人，不但亏他弄死，又亏他无心中肯讲出来。他若不讲，我那里晓得这些原故？自然要把他骨殖装了回来。百年之后，与我合葬一处，分明是生前不曾做得乌龟，死后来补数了，如何了得！"当晚寻出那封血书，瞒了妻妾，一边骂，一边烧了。

次日就差人往南京，毁去"副室金氏"的牌位，吩咐家人，踏着妈儿的门槛，狠骂一顿了回来。从此以后，刻了一篇《戒嫖文》，逢人就送。不但自己不嫖，看见别人迷恋青楼，就下苦口极谏。这叫做：要知山下路，须问过来人。

这一桩事，是富家子弟的呆处了。后来有个才士，做一回《卖油郎独占花魁》的小说。又有个才士，将来编做戏文。那些挑葱卖菜的看了，都想做起风流事来。每日要省一双草鞋钱，每夜要做一个花魁梦。攒积几时，定要到妇人家走走，谁想卖油郎不曾做得，个个都做一出贾志诚了回来。当面不叫有情郎，背后还骂叫化子，那些血汗钱岂不费得可惜！

崇祯末年，扬州有个妓妇，叫做雪娘。生得态似轻云，腰同细柳，虽不是朵无赛的琼花，钞关上的姊妹，也要数他第一。他从幼娇痴惯了，自己不会梳头，每日起来，洗过了面，就教妈儿替梳；妈儿若还不得闲，就蓬上一两日，只将就掠掠，做个懒梳妆而已。

小东门外有个篦头的待诏，叫做王四。年纪不上三十岁，生得伶俐异常，面貌也将就看得过。篦头篦得轻，取耳取得出，按摩又按得好，姊妹人家的生活，只有他做得多。因在坡子上看见做一本《占花魁》的新戏，就忽然动起风流兴来，心上思量道："敲油梆的人尚且做得情种，何况温柔乡里、脂粉丛中摩疼擦痒这待诏乎？"一日走到雪娘家里，见他蓬头坐在房中，就问道："雪姑娘要篦头么？"雪娘道："头倒要篦，只是舍不得钱，自己篦篦罢。"王四道："那个想趁你们的钱，只要在客人面前作养作养就够了。"一面说，一面解出家伙，就替他篦了一次。篦完，把头发递与他道："完了，请梳起来。"雪娘道："我自己不会动手，往常都是妈妈替梳的。"王四道："梳头甚么难事，定要等妈妈，待我替你梳起来罢。"雪娘道："只怕你不会。"王四原是聪明的人，又常在妇人家走动，看见梳惯的，有甚么不会？就替他精精致致梳了一个牡丹头。雪娘拿两面镜子前后一照，就笑起来道："好手段，倒不晓得你这等聪明。既然如此，何不常来替我梳梳，一总算银子还你就是。"王四正要借此为进身之阶，就一连应了几个"使得"。雪娘叫妈儿与他当面说过，每日连梳连篦，算银一分，月尾支销，月初另起。王四以为得计，日日不等开门就来伺候。每到梳头完了，雪娘不教修养，他定要捶捶捻捻，好摩弄他的香肌。一日夏天，雪娘不曾穿裤，王四对面替他修养，一个陈抟大睡，做得他人事不知。及至醒转来，不想按摩待诏做了针灸郎中，百发百中的雷火针已针着受病之处了。雪娘正在麻木之时，又得此欢娱相继，香魂去而未来，星眼开而复闭，唇中齿外唧唧哝哝，有呼死不辍而已。从此以后，每日梳完了头，定要修一次养，不但浑身捏高，连内里都要修到。雪娘要他用心梳头，比待嫖客更加亲热。

一日问他道："你这等会趁钱，为甚么不娶房家小，做份人家？"王四道："正要如此，只是没有好的。我有一句话，几次要和你商量，只怕你未必情愿，故此不敢启齿。"雪娘道："你莫非要做卖油郎么？"王四道："然也。"雪娘道："我一向见你有情，也要嫁你，只是妈妈要银子多，你那里出得起？"王四道："他就要多，也不过是一二百两罢了。要我一主兑出来便难，若肯容我陆续交还，我拼几年生意不着，怕挣不出这些银子来？"雪娘道："这等极好。"就把他的意思对妈儿说了。妈儿乐极，怕说多了，吓退了他，只要一百二十两，随他五两一交，十两一交，零碎收了，一总结算。只是要等交完之日，方许从良；若欠一两不完，还在本家接客。王四一一依从，当日就交三十两。那妈儿是会写字的，王四买个经折教他写了，藏在草纸袋中。

从此以后，搬在他家同住，每日算饭钱还他，聚得五两、十两，就交与妈儿上了经折。因雪娘是自己妻子，梳头篦头钱一概不算，每日要服侍两三个时辰，才能出门做生意。雪娘无客之时，要扯他同宿，他怕妈儿要算嫖钱，除了收账，宁可教妻子守空房，自己把指头替代。每日只等梳头之时，张得妈儿不见，偷做几遭铁匠而已。王四要讨妈儿的好，不但篦头修养分内之事，不敢辞劳，就是日间煮饭，夜里烧汤，乌龟忙不来的事务，也都肯越俎代庖。地方上的恶少就替他改了称呼，叫做"王半八"，笑他只当做了半个王八，又合着第四的排行，可谓极尖极巧。王四也不以为惭，见人叫他，他就答应，只要弄得粉头到手，莫说半八，就是全八也情愿充当。

准准忙了四五年，方才交得完那些数目。就对妈儿道："如今是了，求你写张婚书，把令爱交卸与我，待我赁间房子，好娶他过门。"妈儿只当不知，故意问道："甚么东西是了？要娶那一位过门？女家姓甚么？几时做亲？待我好来恭贺。"王四道："又来取笑了，你的令爱许我从良，当初说过一百二十两财礼，我如今付完了，该把令爱还我去，怎么假糊涂倒问起我来？"妈儿道："好胡说！你与我女儿相处了三年，这几两银子还不够算嫖钱，怎么连人都要讨了去？好不欺心！"王四气得目瞪口呆，回他道："我虽在你家住了几年，夜夜是孤眠独宿，你女儿的皮肉我不曾沾一沾，怎么假这个名色，赖起我的银子来？"王四只道雪娘有意到他，日间做的勾当都是瞒着妈儿的，故此把这句话来抵对，那晓得古语二句，正合着他二人：落花有意随流水，流水无心恋落花。雪娘不但替妈儿做干证，竟翻转面孔做起被害来。就对王四道："你自从来替我梳头，那一日不歪缠几次？怎么说没有相干？一日只算一钱，一年也该三十六两。四五年合算起来，不要你找账就够了，你还要讨甚么人？我若肯从良，怕没有王孙公子，要跟你做个待诏夫人？"王四听了这些话，就像几十桶井花凉水从头上浇下来的一般，浑身激得冰冷，有话也说不出。晓得这注银子是私下退不出来的了，就赶到江都县去击鼓。

江都县出了火签，拿妈儿与雪娘和他对审。两边所说的话与私下争论的一般，一字也不增减。知县问王四道："从良之事，当初是那个媒人替你说合的？"王四道："是他与小的当面做的，不曾用媒人说合。"知县道："这等那银子是何人过付的？"王四道："也是小的亲手交的，没有别人过付。"知县道："亲事又没有媒人，银子又没有过付，教我怎么样审？这等他收你银子，可有甚么凭据么？"王四连忙应道："有他亲笔收账。"知县道："这等就好了，快取上来。"王四伸手到草纸袋中，翻来覆去，寻了半日，莫说经折没有，连草纸也摸不出半张。知县道："既有收账，为甚么不取上来？"王四道："一向是藏在袋中的，如今不知那里去了？"知县大怒，说他既无媒证，又无票约，明系无赖棍徒要霸占娼家女子，就丢下签来，重打三十。又道他无端击鼓，惊扰听闻，枷号了十日才放。

看官，你道他的经折那里去了？原来妈儿收足了银子，怕他开口要人，预先吩咐雪娘，与他做事之时，一面搂抱着他，一面向草纸袋摸出去了。如今那里取得出？王四前前后后共做了六七年生意，方才挣得这注血财，又当四五年半八，白白替他梳了一千几百个牡丹头，如今银子被他赖去，还受了许多屈刑，教他怎么恨得过？就去央个才子，做一张四六冤单，把黄绢写了，缝在背上，一边做生意，一边诉冤，要人替他讲公道。那里晓得那个才子又是有些作孽的，欺他不识字，那冤单里面句句说鸨儿之恶，却又句句笑他自己之呆。冤单云：

诉冤人王四，诉为半八之冤未洗，百二之本被吞。请观书背之文，以救刳肠之祸事。念身向居蔡地，今徙扬州，执贱业以谋生，事贵人而糊口。

寒遭孽障，勾引痴魂。日日唤梳头，朝朝催挽髻。以彼青丝发，系我绿毛身。
按摩则内外兼修，唤不醒陈抟之睡；盥沐则发容兼理，忙不了张敞之工。
缠头锦日进千缗，请问系何人执柄；洗儿钱岁留十万，不知亏若个烧汤。
原不思破彼之悭，只妄想酬吾所欲。从良密议，订于四五年之前；聘美重资，
浮于百二十之外。正欲请期践约，忽然负义寒盟。两妇舌长，雀角鼠牙
易竞；一人智短，鲢清鲤浊难分。搂吾背而探吾囊，乐处谁防窃盗；答
我豚而枷我颈，苦中方悔疏虞。奇冤未雪于厅阶，隐恨求伸于道路。伏
乞贵官长者，义士仁人，各赐乡评，以补国法。或断雪娘归己，使名实
相符，半八增为全八；或追原价还身，使排行复旧，四双减作两双。若
是则鸨羽不致高张，而龟头亦可永缩矣。为此泣诉。

　　妈儿自从审了官司出去，将王四的铺盖与篦头家伙尽丢出来，不容在家
宿歇，王四只得另租房屋居住，终日背了这张冤状，在街上走来走去，不识
字的只晓得他吃了衙衙的亏，在此伸诉，心上还有几分怜悯；读书识字的人
看了冤单，个个掩口而笑，不发半点慈悲，只喝采冤单做得好，不说那代笔
之人取笑他的原故。王四背了许久，不见人有一些公道，心上思量："难道罢
了不成？纵使银子退不来，也教他吃我些亏，受我些气，方才晓得穷人的银
子不是好骗的！"就生个法子，终日带了篦头家伙，背着冤单，不往别处做生
意，单单立在雪娘门口，替人篦头。见有客人要进去嫖他，就扯住客人，跪
在门前控诉。那些嫖客见说雪娘这等无情，结识他也没用，况且篦头的人都
可以嫖得，其声价不问可知。有几个跨进门槛的，依旧走了出去。妈儿与雪
娘打又打他不怕，赶又赶他不走，被他截住咽喉之路，弄得生计索然。

　　忽一日王四病倒在家，雪娘门前无人吵闹，有个解粮的运官进来嫖他。
两个睡到二更，雪娘睡熟，运官要小解，坐起身来取夜壶。那灯是不曾吹灭
的，忽见一个穿青的汉子跪在床前，不住地称冤叫枉。运官大惊道："你有甚
么屈情，半夜三更走来告诉？快快讲来，待我帮你伸冤就是。"那汉子口里不
说，只把身子掉转，依旧跪下，背脊朝了运官，待他好看冤帖。谁想这个运
官是不大识字的，对那汉子道："我不曾读过书，不晓得这上面的情节，你还
是口讲罢。"那汉子掉转身来，正要开口，不想雪娘睡醒，咳嗽一声，那汉子
忽然不见了。运官只道是鬼，十分害怕，就问雪娘道："你这房中为何有鬼诉
冤？想是你家曾谋死甚么客人么？"雪娘道："并无此事。"运官道："我方才
起来取夜壶，明明有个穿青的汉子，背了冤单，跪在床前告诉。见你咳嗽一声，

就不见了，岂不是鬼？若不是你家谋杀，为甚么在此出现？"雪娘口中只推没有，肚里思量道："或者是那个穷鬼害病死了，冤魂不散，又来缠扰也不可知。"心上又喜又怕，喜则喜阳间绝了祸根，怕则怕阴间又要告状。

运官疑了一夜，次日起来，密访邻舍。邻舍道："客人虽不曾谋死，骗人一项银子是真。"就把王四在他家苦了五六年挣的银子，白白被他骗去，告到官司，反受许多屈刑，后来背了冤单，逢人告诉的话，说了一遍。运官道："这等那姓王的死了不曾？"邻舍道："闻得他病在寓处好几日了，死不死却不知道。"运官就寻到他寓处，又问他邻舍说："王四死了不曾？"邻舍道："病虽沉重，还不曾死，终日发狂发躁，在床上乱喊乱叫道：'这几日不去诉冤，便宜了那个淫妇。'说来说去，只是这两句话，我们被他聒噪不过。只见昨夜有一、二更天不见响动，我们只说他死了。及至半夜后又忽然喊叫起来道：'贼淫妇，你与客人睡得好，一般也被我搅扰一场。'这两句话，又一连说了几十遍，不知甚么原故？"运官惊诧不已，就教邻舍领到床前，把王四仔细一看，与夜间的面貌一些不差。就问道："老王，你认得我么？"王四道："我与老客并无相识，只是昨夜一更之后，昏昏沉沉，似梦非梦，却像到那淫妇家里，有个客人与他同睡，我走去跪着诉冤，那客人的面貌却像与老客一般。这也是病中见鬼，当不得真，不知老客到此何干？"运官道："你昨夜见的就是我。"把夜来的话对他说一遍，道："这等看来，我昨夜所见的，也不是人，也不是鬼，竟是你的魂魄。我既然目击此事，如何不替你处个公平？我是解漕粮的运官，你明日扶病到我船上来，待我生个计较，追出这项银子还你就是。"王四道："若得如此，感恩不尽。"

运官当日依旧去嫖雪娘，绝口不提前事。只对妈儿道："我这次进京盘费缺少，没有缠头赠你女儿。我船上耗米尚多，你可叫人来发几担去，把与女儿做脂粉钱。只是日间耳目不便，可到夜里着人来取。"妈儿千感万谢，果然到次日一更之后，教龟子挑了箩担，到船上巴了一担回去，再来发第二担，只见船头与水手把锣一敲，大家喊起来道："有贼偷盗皇粮，地方快来拿获！"惊得一河两岸，人人取棒，个个持枪，一齐赶上船来，把龟子一索捆住，连箩担交与夜巡。夜巡领了众人，到他家一搜，现搜出漕粮一担。运官道："我船上空了半舱，约去一百二十余担都是你偷去了，如今藏在那里？快快招来！"妈儿明知是计，说不出教我来挑的话，只是跪下讨饶。运官喝令水手，把妈儿与龟子一齐捆了，吊在桅上，只留雪娘在家，待他去央人行事。自己进舱去睡了，要待明日送官。

地方知事的去劝雪娘道："他明明是扎火囤的意思，你难道不知？漕米是紧急军粮，官府也怕连累，何况平民？你家赃证都搜出来了，料想推不干净。他的题目都已出过，一百二十担漕米，一两一担，也该一百二十两。你不如去劝母亲，教他认赔了罢，省得经官动府，刑罚要受，监牢要坐，银子依旧要赔。"雪娘走上船来，把地方所劝的话对妈儿说了。妈儿道："我也晓得，他既起这片歹心，料想不肯白过，不如认了晦气，只当王四那宗银子不曾骗得，拿来舍与他罢。"就央船头进舱去说，愿偿米价，求免送官。舱中允了，就教拿银子来交。妈儿是个奸诈的人，恐怕银子出得容易，又要别生事端，回道："家中分文没有，先写一张票约，待天明了，挪借送来。"运官道："朝廷的国课，只怕他不写，不怕他不还，只要写得明白。"妈儿就央地方写了一张票约，竟如供状一般，送与运官，方才放了。等到天明，妈儿取出一百二十两银子，只说各处借来的，交与运官。

谁想运官收了银子，不还票约，竟教水手开船。妈儿恐赔后患，雇只小船，一路跟着取讨，直随至高邮州，运官才教上船去，当面吩咐道："我不还票约，正要你跟到途中，与你说个明白，这项银子不是我有心诈你的，要替你偿还一注冤债，省得你到来世变驴变马还人。你们做娼妇的，那一日不骗人，那一刻不骗人？若都教你偿还，你也没有许多银子。只是那富家子弟，你骗他些也罢了，为甚么把做手艺的穷人当做浪子一般要骗？他服侍你五六年，不得一毫赏赐，反把他银子赖了，又骗官府枷责他，你于心何忍？他活在寓中，病在床上，尚且愤恨不过，那魂魄现做人身，到你家缠扰；何况明日死了，不来报冤？我若明明劝你还他，就杀你剐你，你也决不肯取出。故此生这个法子，追出那注不义之财。如今原主现在我船上，我替你当面交还，省得你心上不甘，怪我冤民作贱。"就从后舱唤出来，一面把银子交还王四，一面把票约掷与妈儿。妈儿磕头称谢而去。

王四感激不尽，又虑转去之时，终久要吃淫妇的亏，情愿服侍恩人，求带入京师，别图生理。运官依允，带他随身而去，后来不知如何结果。

这段事情，是穷汉子喜风流的榜样。奉劝世间的嫖客及早回头，不可被戏文小说引偏了心，把血汗钱被他骗去，再没有第二个不识字的运官肯替人主持公道了。

【评】

有人怪这回小说，把青楼女子恣煞骂得尽情，使天下人见了，没一个敢做嫖客，绝此辈衣食之门，也未免伤于阴德；我独曰不然。若果使天下人见了，没一个敢做嫖客，那些青楼女子没有事做，个个都去做良家之妇了。这种阴德更自无量。

第八回　鬼输钱活人还赌债

诗云：

世间何物最堪仇，赌胜场中几粒骰。

能变素封为乞丐，惯教平地起戈矛。

输家既入迷魂阵，赢处还吞钓命钩。

安得人人陶士行，尽收博具付中流。

这首诗是见世人因赌博倾家者多，做来罪骰子的。骰子是无知之物，为甚么罪他？不知这件东西虽是无知之物，却像个妖孽一般，你若不去惹他，他不过是几块枯骨，六面钻眼，极多不过三十六枚点数而已；你若被他一缠上了，这几块枯骨就是几条冤魂，六面钻眼就是六条铁索，三十六枚点数就是三十六个天罡，把人捆缚住了，要你死就死，要你活就活，任有拔山举鼎之力，不到乌江，他决不肯放休。如今世上的人迷而不悟，只要将好好的人家央他去送。起先要赢别人的钱，不想到输了自家的本；后来要翻自家的本，不想又输与别人的钱。输家失利，赢家也未尝得利，不知弄他何干？

说话的，你差了。世上的钱财定有着落，不在这边，就在那边，你说两边都不得，难道被鬼摄去了不成？看官，自古道："鹬蚌相持，渔翁得利。"那两家赌到后来，你不肯歇，我不肯休，弄来弄去，少不得都归到头家手里。所以赌博场上，输的讨愁烦，赢的空欢喜，看的陪工夫，刚刚只有头家得利。当初一人，有千金家事，只因好赌，弄得尽穷。手头只剩得十两银子，还要拿去做孤注。偶从街上经过，见个道人卖仙方，是一口价，说十两就要十两，说五两就要五两，还少了就不肯卖。那方又是封着的，当面不许开，要拿回家去自己拆看。此人把他面前的方一一看过，看到一封，上面写着：

　　赌钱不输方价银拾两

此人大喜，思量道："有了不输方去赌，要千两，就千两，要万两，就万两，何惜这十两价钱？"就尽腰间所有，买了此方。拿回去拆开一看，只得四个大字道：

> 只是拈头

此人大骇，说被他骗了，要走转去退。仔细想一想道："话虽平常，却是个至理。我就依着他行，且看如何应验？"从此以后，遇见人赌，就去拈头。拈到后来，手头有了些钞，要自己下场，想到仙方的话，又熬住了。拈了三年头，熬了三年赌，家资不觉挣起一半，才晓得那道人不是卖的仙方，是卖的道理。这些道理人人晓得，人人不肯行。此人若不去十两银子买，怎肯奉为蓍蔡？就如世上教人读书，教人学好，总是教的道理。但是先生教学生就听，朋友劝朋友就不听，是甚么原故？先生去束脩、朋友不去束脩故也。

话休絮烦，照方才这等说来，拈头是极好的生意了。如今又有一人为拈头反拈去了一分人家，这又是甚么原故？听在下说来便知分晓。嘉靖初年，苏州有个百姓，叫做王小山。为人百伶百俐，真个是眉毛会说话，头发都空心的。祖上遗下几亩田地，数间住房，约有二三百金家业。他的生性再不喜将本觅利，只要白手求财。自小在色盆行里走动，替头家分分筹，记记账，拈些小头，一来学乖，二来糊口。到后来人头熟了，本事强了，渐渐的大弄起来。遇着好主儿，自己拿银子放头；遇着不尴尬的，先教付稍，后交筹码，只有得趁，没有得陪。久而久之，名声大了，数百里内外好此道的，都来相投，竟做了个赌行经纪。他又典了一所花园居住，有厅有堂，有台有榭，桌上摆些假古董，壁上挂些歪书画，一来装体面，二来有要赌没稍的，就作了银子借他，一倍常得几倍。他又肯撒漫，家中雇个厨子当灶，安排的肴馔极是可口，拈十两头，定费六七两供给，所以人都情愿作成他。往来的都是乡绅大老、公子王孙，论千论百家输赢，小可的不敢进他门槛。常常有人劝他自己下场，或者扯他搭一份，他的主意拿得定定的，百风吹他不动，只是醒眼看醉人。却有一件不好，见了富家子弟，不论好赌不好赌，情愿不情愿，千方百计，定要扛他下场；下了场，又要串通惯家弄他一个，不输个干净不放出门。他从三十岁开场起，到五十岁这二十年间，送去的人家，若记起账来，也做得一本百家姓。只是他趁的银子大来大去，家计到此也还不上千金。

那时齐门外有个老者，也姓王，号继轩，为人智巧不足，忠厚有余。祖、父并无遗业，是他克勤克苦挣起一份人家。虽然只有二三千金事业，那些上万的财主，反不如他从容。外无石崇、王恺之名，内有陶朱、猗顿之实。他的田地都买在平乡，高不愁旱，低不愁水；他的店面都置在市口，租收得重，税纳得轻；宅子在半村半郭之间，前有秋田，后有菜圃，开门七件事，件件不须钱买，取之宫中而有余。性子虽不十分悭吝，钱财上也没得错与人。田地是他逐亩置的，房屋是他逐间起的，树木是他逐根种的，若有豪家势宦要占他片瓦尺土，一草一木，他就要与你拼命。人知道他的便宜难讨，也不去惹他。上不欠官粮，下不放私债，不想昧心钱，不做欺公事，夫妻两口逍遥自在，真是一对烟火神仙。只是子嗣难得，将近五旬才生一子，因往天竺山祈嗣而得，取名唤做竺生。生得眉清目秀，聪颖可佳。将及垂髫，继轩要送他上学，只怕搭了村塾中不肖子弟，习于下流，特地请一蒙师在家训读，半步不放出门。教到十六七岁，文理粗通，就把先生辞了。他不想儿子上进，只求承守家业而已。

偶有一年，苏州米粮甚贱，继轩的租米不肯轻卖，闻得山东、河南一路年岁荒歉，客商贩六陈去粜者，人人得利。继轩就雇下船只，把租米尽发下船，装往北路粜卖。临行吩咐竺生道：“我去之后，你须要闭门谨守，不可闲行游荡，结交匪人，花费我的钱钞。我回来查账，若少了一文半分，你须要仔细！”竺生唯唯听命，送父出门，终日在家静坐。

忽一日生起病来，求医无效，问卜少灵。母亲道：“你这病想是拘束出来的，何不到外面走走，把精神血脉活动一活动，或者强如吃药也不可知。”竺生道：“我也想如此，只是我不曾出门得惯，东西南北都不知，万一走出门去，寻不转来，如何是好？”母亲道：“不妨，我叫表兄领你就是。”次日叫人到娘家，唤了侄儿朱庆生来。庆生与竺生同年，只大得几月，凡事懵懂，只有路头还熟。当日领了竺生，到虎丘三塘游玩了一日，回来不觉精神健旺，竟不是出门时节的病容了。母亲大喜，以后日逐教他出去踱踱。

一日走到一个去处，经过一所园亭，只见：

> 曲水绕门，远山当户。外有三折小桥，曲如之字；内有千重密槛，碎若冰纹。假山高耸出墙头，积雨生苔，画出个秋色满园关不住；芳树参差围屋角，因风散绮，弄得个春城无处不飞花。粉墙千堞白无痕，疑入凝寒雪洞；野水一泓青有黯，知为消夏荷亭。可称天上蓬莱，真是人间福地。若非石崇之金谷，定为谢傅之东山。所喜者及肩之墙可窥，所苦者如海之门难入。

竺生看了，不觉动心骇目，对庆生道：“我们游了几日名山，到不如这所花园有趣。外观如此富丽，里面不知怎么样精雅，可惜不能够遍游一游。”庆生道：

"这园毕竟是乡宦人家的，定有个园丁看守，若把几个铜钱送他，或者肯放进去也不可知，但不知他住在那一间屋里？"竺生道："这大门是不闩的，我们竟走进去，撞着人问他就是了。"两人推开大门，沿着石子路走，走过几转回廊，并不见个人影。行到一个池边，只见许多金鱼浮在水面，见人全不惊避。两人正看得好，忽有一人，头戴一字纱巾，身穿酱色道袍，脚踏半旧红鞋，手拿一把高丽纸扇，走到二人背后，咳嗽一声，二人回头，吓出一身冷汗。看见如此打扮，定不是园丁了，只说是乡宦自己出来，怕他拿为贼论，又不敢向前施礼，又不敢转身逃避，只得假相埋怨。一个道："都是你要进来看花。"一个道："都是你要来看景致。"口里说话，脸上红一块，白一条，看他好不难过。这戴巾的从从容容道："二位不须作意，我这小园是不禁人游玩的，要看只管看，只是荒园没有甚么景致。"二人才放心道："这等多谢老爷，小人们轻造宝园，得罪了。"戴巾的道："我不是甚么官长，不须如此称呼。贱姓姓王，号小山，与兄们一样，都是平民，请过来作揖。"二人走下来，深深唱了两个喏，小山又请他坐下，问其姓名。庆生道："晚生姓朱，贱名庆生；这是家表弟，姓王名竺生，是家姑夫王继轩的儿子。"看官，你说小山问他自己姓名，他为何说出姑夫名字？他说姑夫是个财主，提起他来，小山自然敬重。却也不差，果然只因拖了这个尾声，引出许多妙处。

原来小山有一本皮里账簿，凡苏州城里城外有碗饭吃的主儿，都记在上面，这王继轩名字上，还圈着三个大圈的。当时听见了这句话，就如他乡遇了故知，病中见了情戚，颜色又和蔼了几分，眼睛更鲜明了一半。就回他道："小子姓王，兄也姓王，这等五百年前共一家了。况且令尊又是久慕的，幸会幸会。"连忙唤茶来，三人吃了一杯。只见小厮禀道："里面客人饥了，请阿爹去陪吃午饭。"小山对着二人道："有几个敝友在里边，可好屈二兄进去，用些便饭。"二人道："素昧平生，怎好相扰？"立起身来就告别。小山一把扯住竺生道："这样好客人，请也请不至，小子决不轻放的，不要客气。"庆生此时腹中正有些饥了，午饭尽用得着，只是小山只扯竺生，再不来扯他，不好意思，只得先走。小山要放了竺生去扯他，只怕留了陪宾，反走了正客，自己拉了竺生往内竟走，叫小厮："去扯那位小官人进来。"二人都被留入中堂。

只见里面捧出许多嗄饭，银杯金箸，光怪陆离，摆列完了，小山道："请众位出来。"只见十来个客人一齐拥出，也有戴巾的，也有戴帽的，也有穿道袍而科头的，也有戴巾帽、穿道袍而跣足的，不知甚么原故。二人走下来要和他们施礼，众人口里说个"请了"，手也不拱，竟坐到桌上狂饮大嚼去了，二人好生没趣。小山道："二兄快请过来，要用酒就用酒，要用饭就用饭，这个所在是斯文不得的。"二人也只得坐下，用了一两杯酒，就讨饭吃。把各样菜蔬都尝一尝，竟不知是怎样烹调，这般有味。竺生平常吃的，不过是白水煮的肉，豆油煎的鱼，饭锅上蒸的鸭蛋，莫说口中不曾尝过这样的味，就是鼻子也不曾闻过这样的香。正吃到好处，不想被那些客人狼餐虎食，却似风卷残云，一霎时剩下一桌空碗。吃完了，也不等茶漱口，把筷子乱丢，一齐都跑去了。竺生思量道："这些人好古怪，看他容貌又不像俗人，为何都这等粗卤？我闻得读书人都尚脱略，想来这些光景就叫做脱略了。"

二人扰了小山的饭，又要告辞。小山道："请里面去看他们呼卢，消消饭了奉送。"二人不知怎么样叫做呼卢，欲待问他，又怕妆村出丑。思量道："口问不如眼问，进去看一看就晓得了。"跟着小山走进一座亭子，只见左右摆着两张方桌，桌上放了骰盆，三四人一队，在那边掷色。每人面前又放一堆竹签，长短不齐，大小不一，又有一个天平砝码搬来运去，再不见住。竺生道："难道在此行令不成？我家请客，是一面吃酒一面行令的，他家又另是一样规矩，吃完了酒方才行令。"正在猜疑之际，忽地左边桌上二人相嚷起来，这个要竹签，那个不肯与，争争闹闹，喊个不休。这边不曾嚷得了，那边一桌又有二人相骂起来，你射我爷，我错你娘，气势汹汹，只要交手。竺生对庆生道："看这样光景，毕竟要打得头破血流才住，我和你甚么要紧，在此担惊受怕。"正想要走，谁知那两个人闹也闹得凶，和也和得快，不上一刻，两家依旧同盆掷色，相好如初；回看左桌二人，也是如此。竺生道："不信他们的度量这等宽宏，相打相骂，竟不要人和事。想当初伯夷、叔齐不念旧恶，就是这等的涵养。"

看了一会，小山忽在众人手中夺了几根小签，交与竺生。少顷，又夺几根，交与庆生。一连几次，二人共接了一二十根。捏便捏在手中，竟不知要他何用，又怕停一会还要吃酒，照竹签算杯数，自家量浅，吃不得许多，要推辞不受，又恐不是，惹众人笑，只得勉强收着。看到将晚，众人道："不掷了，主人家算账。"小山叫小厮取出算盘，将众人面前的大小竹签一数一算，算完了，写一个账道：某人输若干，某人赢若干，头家若干，小头若干。写完，念了一遍，回去取出一个拜匣，开出来都是银子，分与众人。到临了各取一锭，付与竺生、庆生，将小签仍收了去。竺生大骇，扯庆生到旁边道："这是甚么原故，莫非算计我们？"庆生道："他若要我们的银子，叫做算计；如今倒把银子送与你

我，料想不是甚么歹意。只是也要问个明白，才好拿去。"就扯小山到背后道："请问老伯，这银子是把与我们做甚么的？"小山笑道："原来二兄还不知道，这叫做拈头。他们在我家赌钱，我是头家。方才的竹签叫做筹码，是记银子的数目。但凡赢了的，每次要送几根与头家，就如打抽丰一般；在旁边看的，都要拈些小头，这是白白送与二位的。以后不弃，常来走走，再没有白过的。就是方才的酒饭，也都出在众人身上，不必诸囊中，落得常来吃些。二兄不来，又有别人来吃去。"二人听了，大喜道："原来如此，多谢多谢。"

只见众人一齐散去，竺生、庆生也别了小山回来，对母亲一五一十说个不了。又取出两锭银子与母亲看，不知母亲如何欢喜，说他二人本事高强，骗了酒饭吃，又袖了银子回来。庆生还争功道："都亏我说出姑夫，他方才如此敬重。"谁想母亲听罢，登时变下脸来，把银子往地下一丢道："好不争气的东西！那人与你一面不相识，为甚么把酒饭请你，把银子送你？你是吃盐米大的，难道不晓得这个原故？我家银子也取得几千两出来，那稀罕这两锭？从明日起，再不许出门！"对庆生道："你将这银子明日送去还他，说我们清白人家，不受这等腌臜之物，丢还了就来，连你也不可再去。"骂得两人翻喜为愁，变笑成哭，把一天高兴扫得精光。竺生没趣，竟进房去睡了。庆生拾了两锭银子，弩着嘴皮而去。

看官，你说竺生的母亲为何这等有见识，就晓得小山要诱赌，把银子送去还他？要晓得他母亲所疑的，全不是诱赌之事；他只要骗这两个孩子做龙阳，把酒食甜他的口，银子买他的心。如今世上的人，一百个之中，九十九个有这件毛病，那晓得这王小山是南风里面的鲁男子，偏是诱赌之事，当疑不疑。为甚么不疑？他只道竺生是个孩子，东西南北都不知，那晓得赌钱掷色？不知这桩技艺不是生而知之，都是学而知之的；他又道赌场上要银子才动得手，二人身边骚铜没有一厘，就是要赌，人也不肯搭讪。不知世上别的生意都要现买，独有这桩生意肯赊，空拳白手也都做得来的。他妇人家那里晓得？

次日竺生被母亲拘住，出不得门。庆生独自一个，依旧走到花园里来。小山不见竺生，大觉没兴，问庆生道："令表弟为何不来？"庆生把他母亲不喜，不放出门之事，直言告禀，只是还银子的话，不说出来。小山道："原来如此。以后同令表弟到别处去，带便再来走走。"庆生道："自然。"说完了，小山依旧留他吃饭，依旧把些小头与他，临行叮嘱而去。

　　却说竺生一连坐了几日，旧病又发起来，哼哼嗄嗄，啼啼哭哭，起先的病，倒不是拘束出来的，如今真正害的是拘束病了。庆生走来看他，姑娘问道："前日的银子拿还他不曾？"庆生道："还他了。"姑娘道："他说些甚么？"庆生道："他说不要就罢，也没甚么讲。"姑娘又问道："那人有多少年纪了？"庆生道："五六十岁。"姑娘听见这句话，半晌不言语，心上有些懊悔起来道："五六十岁的老人家，那里还做这等没正经的事，倒是我疑错了。"对庆生道："你再领表弟出去走走，只不要到那花园里去。就去也只是看看景致，不可吃他的东西，受他的钱钞。"庆生道："自然。"竺生得了这道赦书，病先好了一半，连忙同着庆生，竟到小山家去。小山接着，比前更喜十分。自此以后，教竺生坐在身边，一面拈头，一面学赌。竺生原是聪明的人，不上三五日，都学会了。学得本事会时，腰间拈的小头也有了一二十两。小山道："你何不将这些做了本钱，也下场去试一试？"竺生道："有理。"果然下场一试，却也古怪，新出山的老虎偏会吃人，喝自己四五六，就是四五六，咒别人么二三，就是么二三，一连三日，赢了二百余金。竺生恐怕拿银子回去，母亲要盘问，只得借个拜匣封锁了，寄在小山家中，日日来赌。

　　赌到第四日，庆生见表弟赢钱，眼中出火，腰间有三十多两小头，也要下场试试。怎奈自己的聪明不如表弟，再学不上。小山道："你若要赌，何不与令表弟合了，他赢你也赢，坐收其利，何等不妙？"庆生道："说得有理。"就把银子与竺生合了。偏是这日风色不顺，要红没有红，要六没有六，不上半日，二百三十余两输得干干净净。竺生埋怨表兄没利市，庆生埋怨表弟不用心，两个袖手旁观，好不心痒。众人道："小王没有稍，小山何不借些与他掷掷？"小山道："银子尽有，只要些当头抵抵，只管贷出来。"众人劝竺生把些东西权押一押，竺生道："我父亲虽不在家，母亲管得严紧，那里取得东西出来？"众人道："呆子，那个要你回去取东西？只消把田地房产写在纸上，暂抵一抵，若是赢了，兑还他银子，原取出来；就是输了，也不过放在他家，做个意思，待你日后自己当家，将银取赎，难道把你田地房产抬了回来不成？"竺生听了，豁然大悟，就讨纸笔来写。庆生道："本大利大，有心写契，多借几百两，好赢他们几千两回去。"竺生道："自然。"小山叫小厮取出纸墨笔砚，竺生提起笔来正要写，想一想，又放下来道："我常见人将产业当与我家，都要前写坐落何处，后开四至分明，方才成得一张典契。我那些田地，从来不曾管业过，不晓得坐落在何方，教我如何写起？"众人都道他说得有理，呆了半晌，那晓得王小山又有一部皮里册籍，凡是他家的田地山塘、房产屋业，都在上面。不但亩数多寡，地方坐落，记得不差；连那原主的尊名，田邻的大号，都登记得明明白白。到此时随口念来，如流似水。他说一句，竺生写一句，只空了银子数目，中人名字，待临了填。小山道："你要当多少？"竺生道："二百两罢。"小山道："多则一千，少则五百，二三百两不好算账。"庆生道："这等就是五百两罢。"竺生依他填了。庆生对众人道："中人写你们那一位？"小山道："他们是同赌的人，不便作中，又且非亲非戚，这个中人须要借重你。"庆生道："只怕家姑娘晓得，埋怨不便。"众人道："不过暂抵一时，那里到令姑娘晓得的田地？"庆生就着了花押。小山收了，对竺生道："银子不消兑出来，省得收拾费力，你只管取筹码赌，三五日结一次账，赢了我替人兑还你，输了我替你兑还人。"竺生道："也说得是。"收了筹码，依旧下场。也有输的时节，也有赢的时节，只是赢的都是小注，输的都是大注，赢了十次，抵不得输去一次的东西。起先把银子放在面前，输去的时节也还有些肉疼；如今银子成日不见面，弄来弄去都是些竹片，得来也不觉十分喜，失去也不觉十分可惜。庆生被前次输怕了，再不敢去搭本，只管拈头，到还把稳。只是众人也不似前番，没有肥头把他拈去。小山晓得他家事不济，原不图他，只因要他作中，故此把些小头勾搭住他，不然早早遣去了。

　　竺生开头一次写契，心上还有些不安，面上带些忸怩之色。写到后来，渐渐不觉察了，要田就是田，要地就是地，要房产就是房产。起先还是当与小山，小山应出来赌，多了中间一个转折，还觉得不耐烦，到后面一发输得直捷痛快了，竟写卖契付与赢家，只是契后吊一笔道：

　　　　待父天年，任凭管业。

写到后来，约有一二十张，小山肚里算一算道："他的家事差不多了，不要放来生债。"便假正经起来，把众人狠说一顿道："他是有父兄的人，你们为何只管拏住他赌？他父亲回来知道，万一难为他起来，你们也过意不去。况且他父亲苦挣一世，也多少留些与他受用受用，难道都送与你们不成？"众人拱手谢罪，情愿收拾排场。竺生还舍不得丢手，被他说得词严义正，也只得罢了，心上还感激他是个好人，肯留些与我受用。只说父亲的产业还不止于此，那晓得连根都去了。

　　看官，假如他母亲是好说话的，此时还好求救于母，乘父未归，做个苦肉计，或者还退些田地转来也不可知；那晓得倒被前日那些峻厉之言，封住儿子的口。

可见人家父母，严的也得一半，宽的也得一半，只要宽得有尺寸。

且说王继轩装米去卖，指望俏头上一脱便回，不想天不由人，折了许多本，还坐了许多时。只因山东、河南米价太贵，引得湖广、江西的客人个个装粮食来卖。继轩到时，只见米麦堆积如山，真是出处不如聚处，只得把货都发与铺家，坐在行里讨账。等等十朝，迟迟半月，再不得到手。又有几宗被主人家支去用了，要讨起后客的米钱应还前客，所以准准耽搁半年。身虽在外，心却在家，思量儿子年幼，自小不曾离爷，"我如今出门许久，难保得没有些风吹草动。"忧虑到此，银子也等不得讨完，丢此余账便走。

到了家中，把银两钱钞，文契账目，细细一查，且喜得原封不动，才放了心。只是伺察儿子的举止，大不似前。体态甚是轻佻，言语十分粗莽。吃酒吃饭不等人齐，便先举箸；见人见客，不论尊卑，一概拱手。无论嘻笑怒骂，动辄伤人父母；人以恶言相答，恬然不以为仇。总不知是那里学来的样子，几时变成的气质。继轩在外忧郁太过，原带些病根回来，此时见儿子一举一动，看不上眼，教他如何不气？火上添油，不觉成了膈气之病。自古道："疯痨臌膈，阎罗王请的上客。"那有医得好的？一日重似一日，眼见得不济事了。临危之际，叫竺生母子立在床前，把一应文券账目交付与他道："这些田产银两，不是你公公遗下来的，也不是你父亲做官做吏、论千论百抓来的，要晓得逐分逐厘、逐亩逐间从骨头上磨出来、血汗里挣出来的。我死之后，每年的花利，料你母子二人吃用不完，可将余剩的逐年置些生产，渐渐扩充大来，也不枉我挣下这些基业。纵不能够扩充，也须要承守，饿死不可卖田，穷死不可典屋，一典卖动头，就要成破竹之势了。我如今虽死，精魂一时不散，还在这前后左右，看你几年，你须要谨记我临终之话。"说完，一口气不来，可怜死了。

竺生母子号天痛哭，成服开丧。头一个吊客就是王小山，其余那些赌友，吊的吊，唁的唁，往往来来，络绎不绝。小山又斗众人出分，前来祭奠，意思甚是殷勤。竺生之母起先只道丈夫在日，不肯结交，死后无人俅睐；如今看此光景，心下甚是喜欢。及至七七已完，追荐事毕，只见有人来催竺生出丧。竺生回他年月不利，那人道："趁此热丧不举，过后冷了，一发要选年择日，耽搁工夫。"竺生与他附耳唧哝，说了许多私话。那人又叫竺生领他到内室里面走了一遍。东看西看，就如相风水的一般，不知甚么原故。待他去后，母亲盘问竺生，竺生把别话支吾过了。

又隔几时，遇着秋收之际，全不见有租米上门。母亲问竺生，竺生道：

"今年年岁荒歉，颗粒无收。"母亲道："又不水，又不旱，怎么会荒起来？"要竺生领去踏荒，竺生不肯。一日自己叫家人雇了一只小船，摇到一个庄上，种户出来问是那家宅眷？家人道："我们的家主，叫做王继轩，如今亡过了，这就是我们的主母。"种户道："原来是旧田主，请里面坐。"竺生之母思量道："田主便是田主，为何加个'旧'字，难道父亲传与儿子，也分个新旧不成？"走进他家，就说："今岁雨水调匀，并非荒旱，你们的租米为何一粒不交？"种户道："租米交去多时了，难道还不晓得？"竺生之母道："我何曾见你一粒？"种户道："你家田卖与别人，我的租米自然送到别人家去，为甚么还送到你家来？"竺生之母大惊道："我家又不少吃，又不少穿，为甚么卖田？且问你是何人写契？何人作中？这等胡说！"种户道："是你家大官写契，朱家大官作中，亲自领人来招佃的。"竺生之母不解其故，盘问家人，家人把主人未死之先，大官出去赌博，将田地写还赌债之事，一一说明。竺生之母方才大悟，浑身气得冰冷，话也说不出来。停了一会，又叫家人领到别庄上去。家人道："娘娘不消去得，各处的庄头都去尽了。莫说田地，就是身底下的房子也是别人的，前日来催大官出丧，他要自己搬进来住。如今只剩得娘娘和我们不曾有售主，其余家堂香火都不姓王了。"说得竺生之母眼睛直竖，就像泥塑木雕的一般，就叫收拾回去。到得家中，把竺生扯至中堂，拿了一根竹片道："瞒了我做得好事！"打不得两三下，自己闷倒在地，口中鲜血直喷。竺生和家人扶了上床，醒来又晕去，晕去又醒来，如此三日，竟与丈夫做伴去了。竺生哭了一场，依旧照前殡殓不提。

却说这所住房原是写与小山的，小山自知管业不便，卖与一个乡绅。那乡绅也不等出丧，竟着几房家人搬进来住。竺生存身不下，只得把二丧出了，交卸与他，可怜产业窠巢，一时荡尽。还亏得父亲在日，定下一头亲事，女家也是个财主，丈人见女婿身无着落，又不好悔亲，只得招在家中，做了布袋。后来亏丈人扶持，他自己也肯改过，虽不能恢复旧业，也还苟免饥寒。王竺生的结果，不过如此，没有甚么希奇。

却说王小山以前趁的银子来来去去，不曾做得人家，亏得王竺生这注横财，方才置些实产。起先诱赌之时，原与众人说过，他得一半，众人分一半的。所以王竺生的家事共有三千，他除供给杂用之外，净得一千五百两。平空添了这些，手头自然活动。只是一件，银子便得了一大注，生意也走了一大半。为甚么原故，远近的人都说他数月之中，弄完了王竺生一分人家，又坑死他两条性命，手也忒辣，心也忒狠，故此人都怕他起来。财主人家都把儿子关在家中，不放出来送命。王小山门前车马渐渐稀疏，到得一年之外，鬼也没得上门了。他是热闹场中长大的，那里冷静得过？终日背着手踱进踱出，再不见有个人来。

一日立在门前，有个客人走过，衣裳甚是楚楚，后面跟着两担行李，一担是随身铺盖，一担是四只皮箱，皮箱比行李更重，却像有银子的一般。那客人走到小山面前，拱一拱手道："借问一声，这边有买货的主人家，叫做王少山，住在那里？"小山道："问他何干？"客人道："在下要买些绸缎布匹，闻得他为人信实，特来相投。"小山想一想道："他问的姓名与我的姓名只差得一笔，就冒认了也不为无因。况我一向买货，原是在行的，目下正冷淡不过，不如留他下来，趁些用钱，买买小菜也是好的。上门生意，不要错过。"便随口答应道："就是小弟。"客人道："这等失敬了。"小山把他留进园中，揖毕坐下，少不得要问尊姓大号，贵处那里。客人道："在下姓田，一向无号，虽住在四川重庆府鄞都县，祖籍也原是苏州。"小山道："这等是乡亲了。"说过一会闲话，就摆下酒来接风。吃到半中间，叫小厮拿色盆来行令，等了半日，再不见拿来。小山问甚么原故，小厮道："一向用不着，不知丢在那个壁角头，再寻不出。"小山骂道："没用奴才，还喜得是吃酒行令，若还正经事要用，也罢了不成？"客人道："主人家不须着恼，我拜匣里有一个，取出来用用就是。"说完，就将拜匣开了，取出一付骰子，一个色盆。小山接来一看，那骰子是用得熟熟滑滑、棱角都没有的。色盆外面有黄蜡裹着，花梨架子嵌着，掷来是不响的。小山大惊道："老客带这件家伙随身，莫非平日也好呼卢么？"客人道："生平以此为命，岂特好而已哉！"小山道："这等待我约几个朋友，与老客掷掷何如？"客人道："在下有三不赌。"小山问那三不赌，客人道："论钱论两不赌，略赢便歇不赌，遇贫贱下流不赌。"小山道："这等不难，待我约几位乡绅大老，把注码放大些，赌到二三千金结一次账就是了。"客人道："这便使得。"小山道："既然如此，借稍看一看，是甚么银水，待我好教他们照样带来。"客人道："也说得是。"就叫家人把四只皮箱一齐掇出，揭去绵纸封。开了青铜锁，把箱盖掀开。小山一看，只见：

> 银光闪烁，宝色陆离。大锭如缸，只只无人横野渡；弯形似月，溶溶如水映长天。面上无丝不到头，细如蛛网；脚根有眼皆通腹，密若蜂窠。将来布满祇园，尽可购成福地；若使叠为阿堵，也堪围住行人。

小山道："这样银水有甚么说得，请收了罢。"客人道："这外面冷静，我不放心，你不如点一点数目，替我收在里面去。输了便替我兑还人，赢了便替我买货。"小山道："使得。"客人道："我的银子都是五两一锭，没有两样的，拿天平来兑就是。"小山道："这样大锭，自然有五两，不消兑得，只数锭数就是了。"一五一十，数完了一箱，齐头是二百锭，共银一千两，其余三箱，总是一样，合成四千两之数。小山看完，依旧替他锁好，自己写了封皮，封得牢牢固固，教小厮掇了进去。当晚一家欢喜，小山梦里也笑醒来，真是天上掉下来的生意。

到次日，等不得梳头，就往各乡绅家去道："我家又有一个好主儿上门，请列位去赢他几千两用用。"各乡绅道："只怕没有第二个王竺生了。"小山道："我也不知他的家事比王竺生何如，只是赊、现二字也就有天渊之隔了。"各乡绅听见，喜之不胜，一齐吩咐打轿，竟到小山家来。小山请客人出来见毕，吃了些点心，就下场赌。众人与小山又是串通的，起先故意输与客人，当日客人赢了六七百两，次日又赢了二三百两。到第三日，大家换过手法，接连赢了转来，每日四五百两，赌到十日之外，小山道："如今该结账了。"就将筹码一数，账簿一结，算盘一打，客人共输四千五百两。小山道："除了箱内之物，还欠五百两零头，请兑出来再赌。"客人道："带来的本钱只有这些，求你借我千把，我若赢得转来，加利奉还；若再输了，总写一票，回去取来就是。"小山道："我与你并不相识，知道你是何等之人？你若不还，我那里来寻你？这个使不得。大家收拾排场，不消再赌。五百两的零头，是要找出来的，不要大模大样。他们做乡宦的眼睛，认不得你甚么财主，若不称出来，送官送府，不像体面。"客人道："你晓得我只有这些稍，都交与你了。如今回去的盘费尚且没有，教我把甚么还他？"小山变下脸来，走进房里，将行李一检，又把两个家人身上一搜，果然半个钱也没有。只得逼他写一张欠票，约至三月后，一并送还，明晓得没处讨的，不过是个拖绳放的方法。众人教小山拿银子出来分散，小山肚里是有毛病的，原与众人说开，照王竺生故事，自己得一半，众人分一半的，如今客人在面前，不好分得。只得对众人道："今日且请回，待明早送客人去了，大家来取就是。"众人道："这等要你出名，写几张欠票，明日好照票来支。"小山道："使得。"提起笔来竟写，也有论千的，也有论百的，众人捏了票子，都回去了。小山当晚免不得办个豆腐东道，与客人饯行。客人道："在下生平再不失信，你到三个月后，还约众人等我，我不但送银子来还，还要带些来翻本。"小山道："但愿如此。"吃完了酒，又问客人讨了那四把钥匙过来，才打发他睡。

到次日送得出门，众乡绅一齐到了。小山忙唤小厮掇皮箱出来，一面取天平伺候。只见一个小厮把四只皮箱叠做一撞，两只手捧了出来，全不吃力。小山惊问道："这四只箱子有二百六七十斤重，怎么一次就掇了出来？"小厮道："便是这等古怪，前日掇进去是极重的，如今都屁轻了。不知甚么原故？"小山吃了一惊，逐只把封皮验过，都不曾动，忙取钥匙开看，每箱原是二百锭，一锭也不少，才放了心。就把天平上一边放了法码，一边取银子来兑。拈一锭上手，果然是屁轻的，仔细一看，你道是甚么东西？有《西江月》词为证：

> 硬纸一层作骨，外糊锡箔如银。原来面上细丝纹，都是盏痕板印。

看去自应五两，称来不上三分。下炉一试假和真，变做蝴蝶满空飞尽。

原来都是些纸锭。小山把眼睛定了一会，对众人道："不好了，青天白日被鬼骗了，这四皮箱都是纸锭，要他何用？"众人都去取看，果然不差，你看我，我看你，一个也不做声。小山想了一会道："怪道他说姓田，田字乃鬼字的头；又说在鄪都县住，鄪都乃出鬼的所在，详来一些不差。只有原籍苏州的话没有着落。是便是了，我和他前世无冤，今世无仇，为甚么装这个圈套来弄我？"把纸锭捏了又看，中间隐隐约约却像有行小字一般，拿到日头底下仔细一认，果然有印板印的七个字道：

不孝男王竺生奉

小山看了，吓得寒毛直竖，手脚乱抖，对众人道："原原原来是王竺生的父亲怪我弄去他的家事，变做人来报仇的。这等看来，又合着原籍苏州的话了。"

小山只说众人都是共事的，一齐遇了鬼，大家都要害怕。那里晓得乡绅里面有个不信鬼的，大喝一声道："老王，你把客人的银子独自一个藏了，故意鬼头鬼脑弄这样把戏来骗人。世上那有鬼会赌钱的？他要报仇，怕扯你不到阎王面前去，要这等斯斯文文来和你顽耍？好好拿银子出来，不要胡说！"众人起先都在惊疑之际，听了这番正论，就一唱百和起来道："正是，你把好好的人打发去了，如今说这样鬼话。就真正是鬼，也留他在这边，我们自会问鬼讨账，那个教你会了下来？这票上的字，若是鬼写的就罢了；若是人写的，不怕他少我们一厘！"小山被众人说得有口难分，又且寡不敌众，再向前分剖几句，被众人一顿"光棍奴才"，教家人一起动手打了一顿，将索子锁住，只要送官。小山跪下讨饶道："列位老爷请回，待小人一一赔还就是。"众人道："要还就还，这个账是冷不得的，任你田产屋业我们都要，只不许抬价。"小山思量道："我这鸡蛋怎么对得石子过？若还到官，官府自然有他体面；况且票上又不曾写出'赌钱'二字，怎么赖得？刑罚要受，监牢要坐，银子依旧要赔，也是我数该如此，不如写还了罢。"就唤小厮取出纸笔，照王竺生当日的写法，一扫千张，不完不住，只消半日工夫，把赌场上骗来的产业与祖父遗下的田地，尽铜铸钟，送得干干净净，连花园也住不成，依旧退还原主去了。

文书匣内刚刚留得一张欠票，做个海底遗珠，展开一看，原来是田客人欠下的五百两赌债，约至三月后送还的。小山看了，又怕起来道："他临去之时，曾说生平再不失信，倘若三月后果然又来，如何了得？"只得叫几个道士打了三日醮，将四皮箱纸锭连欠票一齐烧还，只求免来下顾。亏这一番忏悔，又活了三年才死。那些赢钱去的乡绅，夜夜做梦，说田客人要来翻本，疑心成病，不上三年，也都陆续死尽。

可见赌博一事，是极不好的。不但赢来的钱钞，做不得人家；就是送去了人家，也损于阴德。如今世上不知多少王小山在阳间趁钱，多少王继轩在阴间叹气。他虽未必个个到阳间来寻你，只怕你终有一日到阴间去就他。若阎罗王也是开赌场的便好，万一不好此道，这场官司就要输与原告了。奉劝世人，三十六行的生意桩桩做得，只除了这项钱财，不趁也好。

【评】

这样小说，竟该做仙方卖。为人子弟的，不可不买了看；为人父兄的，更不可不买了看。

第九回　变女为儿菩萨巧

诗云：

> 梦兆从来贵反详，梦凶得吉理之常。
> 却更有时明说与，不须寤后搅思肠。

话说世上人做梦一事，其理甚不可解，为甚么好好的睡了去，就会见张见李，与他说起话、做起事来？那做张做李的人，若说不是鬼神，渺渺茫茫之中，那里生出这许多形象？若说果是鬼神，那梦却尽有不验的，为甚么鬼神这等没正经，等人睡去就来缠扰？或是醉人以酒，或是迷人以色，或是诱人以财，或是动人以气，不但睡时搅人的精神，还到醒时费人的思索，究竟一些效验也没有，这是甚么原故？要晓得鬼神原不骗人，是人自己骗自己。梦中的人，也有是鬼神变的，也有是自己魂魄变来的。若是鬼神变来的，善则报之以吉，恶则报之以凶。或者凶反报之以吉，要转他为恶之心；吉反报之以凶，要励他为善之志。这样的梦，后来自然会应了。若是自己魂魄变来的，他就不论你事之邪正，理之是非，一味只要阿其所好。你若所好在酒，他就变做刘伶、杜康，携酒来与你吃；你若所好在色，他就变做西施、毛嫱，献色来与你淫；你若所重在财，他就变做陶朱、猗顿，送银子来与你用；你若所重在气，他就变做孟贲、乌获，拿力气来与你争。这叫做日之所思，夜之所梦，自己骗自己的，后来那里会应？我如今且说一个验也验得巧的，一个不验也不验得巧的，做个开场道末，以起说梦之端。

　　当初有个皮匠，一贫彻骨，终日在家堂香火面前烧香礼拜道："弟子穷到这个地步，一时怎么财主得来？你就保佑我生意亨通，每日也不过替人上两双鞋子，打几个头，有甚么大进益？只除非保佑我掘到一窖银子，方才会发积。就不敢指望上万上千，便是几百、几十两的横财也见赐一主，不枉弟子哀告之诚。"终日说来说去，只是这几句话。忽一夜就做起梦来，有一个人问他道："闻得你要掘窖，可是真的么？"皮匠道："是真的。"那人道："如今某处地方有一个窖在那里，你何不去掘了来？"皮匠道："底下有多少数目？"那人道："不要问数目，只还你一世用他不尽就是了。"皮匠醒来，不胜之喜，知道是家堂香火见他祷告志诚，晓得那里有藏，教他去起的了。等得到天明，就去办了三牲，请了纸马，走到梦中所说的地方，祭了土地，方才动土。掘下去不上二尺，果然有一个蒲包，捆得结结实实，皮匠道："是了，既然应了梦，决不止一包。如今不但几十、几百，连上千、上万都有了。"及至提起来，一包之下，并无他物，那包又是不重的，皮匠的高兴先扫去一半了。再拿来解开一看，却是一蒲包的猪鬃。皮匠大骇，欲待丢去，又思量道："猪鬃是我做皮匠的本钱，怎好暴弃天物。"就拿回去穿线缝鞋，后来果然一世用他不尽。这或者是因他自生妄想，魂魄要阿其所好，信口教他去起窖，偶然撞着的；又或者是神道因他聒絮得厌烦，有意设这个巧法，将来回复他的，总不可知。这一个是不验的巧处了，如今却说那验得巧的。

　　杭州西湖上有个于坟，是少保于忠肃公的祠墓。凡人到此求梦，再没有一个不奇验的。每到科举年，他的祠堂竟做了个大歇店。清晨去等的才有床，午前去的就在地下打铺，午后去的，连屋角头也没得蹲身，只好在阶檐底下、乱草丛中打几个瞌铳而已。那一年有同寓的三个举子，一齐去祈梦，分做三处宿歇。次日得了梦兆回来，各有忧惧之色，你问我不说，我问你不言。直到晚间吃夜饭，居停主人道："列位相公各得何梦？"三人都攒眉蹙额道："梦兆甚是不祥。"主人道："梦凶得吉，从来之常，只要详得好。你且说来，待我详详看。"内中有一个道："我梦见于忠肃公亲手递个象棋与我，我拿来一看，上面是个'卒'字，所以甚是忧虑。卒者死也，我今年不中也罢了，难道还要死不成？"那二人听见，都大惊大骇起来，这个道："我也是这个梦，一些不差。"那个又道："我也是这个梦，一些不差。"三人愁做一堆，起先去祈梦，原是为功名；如今功名都不想，大家要求性命了。主人想了一会道："这样的梦，须得某道人详，才解得出，我们一时解他不来。"三人都道："那道人住在那里？"主人道："就在我这对门，只有一河之隔。他平素极会详梦，你们明日去问他，他自然有绝妙的解法。"三人道："既在对门，何须到明日，今晚便去问他就是了。"主人道："虽隔一河，无桥可度，两边路上俱有栅门，此时都已锁了，须是明日才得相见。"

　　三人之中有两个性缓的，有一个性急的，性缓的竟要等到明日了，那性急的道："这河里水也不深，今晚便待我涉过水去，央他详一详，少不得我的吉凶就是你们的祸福了，省得大家睡不着。"说完，就脱了衣服，独自一人走过水去，敲开道人的门，把三人一样的梦说与他详。道人道："这等夜静更深，栅门锁了，相公从那里过来的？"此人道："是从河里走过来的。"道人道："这等那两位过来不曾？"祈梦的道："他们都不曾来。"道人大笑道："这等那两位都不中，单是相公一位中了。"此人道："同是一样的梦，为甚么他们不中，我又会中起来？"道人道："这个'卒'字，既是棋子上的，就要到棋子上去详了。从来下象棋的道理，卒不过河，一过河就好了。那两位不肯过河，自然不中；你一位走过河来，自然中了，有甚么疑得？"此人听见，虽说他详得有理，心上只是有些狐疑，及至挂出榜来，果然这个中了，那两个不中。可见但凡梦兆，都要详得好，鬼神的聪明，不是显而易见的，须要深心体认一番，方才揣摩得出，这样的梦是最难详的了；却一般有最易详的，明明白白，就像与人说话一般，这又是一种灵明，总则要同归于验而已。

　　万历初年，扬州府泰州盐场里，有个灶户，叫做施达卿。原以烧盐起家，后来发了财，也还不离本业，但只是发本钱与别人烧，自己坐收其利。家资虽不上半万，每年的出息倒也有数千，这是甚么原故？只因灶户里面，赤贫者多，有家业者少，盐商怕他赖去，不肯发大本与他；达卿原是同伙的人，那一个不熟？只见做人信实的，要银就发，不论多寡，人都要图他下次，再没有一个赖他的。只是利心太重，烧出盐来，除使用之外，他得七分，烧的只得三分。家中又有田产屋业，利上盘起利来，一日富似一日，灶户里边，只有他这个财主。古语道得好：

地无朱砂，赤土为佳。

海边上有这个富户，那一个不奉承他？夫妻两口，享不尽素封之乐。只是一件，年近六十，尚然无子。其妻向有醋癖，五十岁以前不许他娶小，只说自己会生，谁想空心蛋也不曾生一个。直到七七四十九岁之后，天癸已绝，晓得没指望了，才容他讨几个通房。达卿虽不能够肆意取乐，每到经期之后，也奉了钦差，走去下几次种。却也古怪，那些通房在别人家就像雌鸡、母鸭一般，不消家主同衾共枕，只是说话走路之间，得空偷偷摸摸，就有了胎；走到他家，就是阉过了的猪，揭过了的狗，任你翻来覆去，横困也没有，竖困也没有，秋生冬熟之田，变做春夏不毛之地，达卿心上甚是忧煎。

他四十岁以前闻得人说，准提菩萨感应极灵，凡有吃他的斋、持他的咒的，只不要祈保两事，求子的只求子，求名的只求名，久而久之，自有应验。他就发了一点虔心，志志诚诚铸一面准提镜，供在中堂。每到斋期，清晨起来，对着镜子，左手结了金刚拳印，右手持了念珠，第一诵净法界真言二字道：

唵音庵喃音蓝

念了二十一遍。第二诵护身真言三字道：

唵啮音齿啮音另

也是二十一遍。第三诵大明真言七字道：

唵么抳音尼钵讷铬吽音哄。

一百零八遍。第四才诵准提咒廿七字道：

南无飒音萨哆音多喃音南三藐三菩提、俱胝音支喃怛音旦你也他、唵折
隶主隶、准提娑婆诃。

也是一百零八遍。然后念一首偈道：

稽首皈依苏悉帝，头面顶礼七俱胝。我今称赞大准提，惟愿慈悲垂
加护。

讽诵完了，就把求子的心事祷告一番，叩首数通已毕，方才去吃饭做事。

那准提斋每月共有十日，那十日？

初一　初八　十四　十五　十八　廿三　廿四　廿八　廿九　三十

若还月小，就把廿七日预补了三十。又有人恐怕琐琐碎碎记他不清，将十个

日子编做两句话道：

　　　　一八四五八，三四八九十。

只把这两句念得烂熟，自然不会忘了。只是一件，这个准提菩萨是极会磨炼人的，偏是不吃斋的日子再撞不着酒筵；一遇了斋期，便有人请他赴席。那吃斋的人，清早起来心是清的，自然记得，偏没人请他吃早酒；到了晚上，百事分心，十个九个都忘了，偏要撞着头脑，遇着荤腥，自然下箸，等到忽然记起的时节，那鱼肉已进了喉咙，下了肚子，挖不出了。独有施达卿专心致志，自四十岁上吃起，吃到六十岁，这二十年之中，再不曾忘记一次，怎奈这桩求子的心事再遂不来。

　　那一日是他六十岁的寿诞，起来拜过天地，就对着准提镜子哀告道："菩萨，弟子皈依你二十年，日子也不少了；终日烧香礼拜，头也磕得够了；时常苦告哀求，话也说得烦了。就是我前世的罪多孽重，今生不该有子，难道你在玉皇上帝面前，这个小小分上也讲不来？如今弟子绝后也罢了，只是使二十年虔诚奉佛之人，依旧做了无祀之鬼，那些向善不诚的都要把弟子做话柄，说某人那样志诚尚且求之不得，可见天意是挽回不来的。则是弟子一生苦行不唯无益，反开世人谤佛之端，绝大众皈依之路，弟子来生的罪孽一发重了。还求菩萨舍一舍慈悲，不必定要宁馨之子，富贵之儿，就是痴聋暗哑的下贱之坯，也赐弟子一个，度度种也是好的。"说完，不觉孤恓起来，竟要放声大哭，只因是个寿日，恐怕不祥，哭出声来，又收了进去。

　　及至到晚，寿酒吃过了，贺客散去了，老夫妻睡做一床，少不得在被窝里也做一做生日。睡到半夜，就做起梦来，也像日间对着镜子呼冤叫屈，日间收进去的哭声此时又放出来了。正哭到伤心之处，那镜子里竟有人说起话来道："不要哭，不要哭，子嗣是大事，有只是有，没有只是没有，难道像那骗孩童的果子一般，见你哭得凶，就递两个与你不成？"达卿大骇，走到镜子面前仔细一看，竟有一尊菩萨盘膝坐在里边。达卿道："菩萨，方才说话的就是么？"菩萨道："正是。"达卿就跪下来道："这等弟子的后嗣毕竟有没有，倒求菩萨说个明白，省得弟子痴心妄想。"菩萨道："我对你说，凡人'妻财子禄'四个字，是前生分定的，只除非高僧转世，星宿现形，方才能够四美俱备，其余的凡胎俗骨，有了几桩，定少几桩，那里能够十全？你当初降生之前，只因贪嗔病重，讨了'妻财'二字竟走，不曾提起'子禄'来，那生灵簿上不曾注得，所以今生没有。我也再三替你挽回，怎奈上帝说你利心太重，

刻薄穷民，虽有二十年好善之功，还准折不得四十载贪刻之罪，那里来得子来？后嗣是没有的，不要哄你。"达卿慌起来道："这等请问菩萨，可还有甚么法子，忏悔得来么？"菩萨道："忏悔之法尽有，只怕你拼不得。"达卿道："弟子年已六十，死在眼前，将来莫说田产屋业都是别人的，就是这几根骨头，还保不得在土里土外，有甚么拼不得？"菩萨道："大众的俗语说得好：'酒病还须仗酒医。'你的罪孽原是财上造来的，如今还把财去忏悔。你若拼得尽着家私拿来施舍，又不可被人骗去，务使穷民得沾实惠，你的家私十分之中散到七八分上，还你有儿子生出来。"达卿稽首道："这等弟子谨依法旨，只求菩萨不要失信。"菩萨道："你不要叮嘱我，只消叮嘱自家。你若不失信，我也决不失信。"说完，达卿再朝镜子一看，菩萨忽然不见了。

　　正在惊疑之际，被妻子翻身碍醒，才晓得是南柯一梦。心上思量道："我说在菩萨面前哀恳二十年，不见一些影响，难道菩萨是没耳朵？如今这个梦分明是直捷回音了，难道还好不信？无论梦见的是真菩萨，假菩萨，该忏悔，不该忏悔，总则我这些家当将来是没人承受的，与其死了待众人瓜分，不如趁我生前散去。"主意定了，次日起来就对镜子拜道："蒙菩萨教诲的话，弟子句句遵依，就从今日做起，菩萨请看。"拜完了，教人去传众灶户来，当面吩咐："从今以后，烧盐的利息要与前相反，你们得七分，我得三分。以前有些陈账，你们不曾还清的，一概蠲免。"就寻出票约来，在准提镜前，一火焚了。又吩咐众人："以后地方上凡有穷苦之人，荒月没饭吃的，冬天没棉袄穿的，死了没棺材盛的，都来对我讲，我察得是实，一一舍他，只不可假装穷态来欺我；就是有甚么该砌的路，该修的桥，该起建的庙宇，只要没人侵欺，我只管捐资修造。烦列位去传谕一声。"众人听见，不觉欢声震天，个个都念几声"阿弥陀佛"而去。不曾传谕得三日，达卿门前就推挤不开，不是求米救饥的，就是讨衣遮寒的；不是化砖头砌路的，就是募石板修桥的；至于募缘抄化的僧道，讨饭求丐的乞儿，一发如蜂似蚁，几十双手还打发不开。达卿胸中也有些泾渭，紧记了菩萨吩咐不可被人骗去的话，宗宗都要自己查劾得确，方才施舍与他；那些假公济私的领袖，一个也不容上门。他那时节的家私，齐头有一万，舍得一年有余，也就去了二千。

　　忽然有个通房，焦黄精瘦，生起病来，茶不要，饭不贪，只想酸甜的东西吃，达卿知道是害喜了。问他经水隔了几时，通房道："三个月不洗身上了。"达卿喜欢得眼闭口开，不住嘻嘻的笑。先在菩萨面前还个小小愿心，许到生出的时节做四十九日水陆道场，拜酬佛力。那些劝做善事的人，闻得他有了应验，一发踊跃前来。起先的募法还是论钱论两的多，到此时募缘的眼睛忽然大了，多则论百，少则论十，要拿住他施舍。若还少了，宁可不要，竟像达卿通房的身孕是他们做出来的一般。众人道："他要生儿子，毕竟有求于我。"他又道："我有了儿子，可以无求于人。"达卿起先的善念，虽则被菩萨一激而成，却也因自己无子，只当拿别人的东西来撒漫的。此时见通房有了身孕，心上就踌躇起来道："明日生出来的无论是男是女，总是我的骨血，就作是个女儿，我生平只有半子，难道不留些奁产嫁他？万一是个儿子，少不得要承家守业，东西散尽了，教他把甚么做人家？菩萨也是通情达理的，既送个儿子与我，难道教他呷风不成？况且我的家私也散去十分之二，譬如官府用刑，说打一百，打到二三十上也有饶了的，菩萨以慈悲为本，决不求全责备，我如今也要收兵了。"从此以后，就用着俗语二句：

> 无钱买茄子，只把老来推。

募化的要多，他偏还少，好待募化的不要，做个退兵之策。俗语又有四句道得好：

> 善门难开，善门难闭。

> 招之则来，推之不去。

　　当初开门喜舍的时节，欢声也震天；如今闭门不舍的时节，怨声也震地。一时间就惹出许多谤詈之言，道他为善不终，"且看他儿子生得出，生不出？若还小产起来，或是死在肚里，那时节只怕懊悔不及。"谁想起先祝愿的话也不灵，后来诅咒之词也不验，等到十月满足，一般顺顺溜溜生将下来。达卿立在卧房门前，听见孩子一声叫响，连忙问道："是男是女？"收生婆子把小肚底下摸了一把，不见有碍手的东西，就应道："只怕是位令爱。"达卿听见，心上冷了一半。过了一会，婆子又喊起来道："恭喜，只怕是位令郎。"达卿就跳起来道："既然是男，怎么先说是女，等我吃这一惊？"口里不曾说得完，两只脚先走到菩萨面前了，磕一个头，叫一声"好菩萨"，正在那边拜谢，只见有个丫鬟如飞的赶来道："收生婆婆请老爹说话。"达卿慌忙走去，只说产母有甚么差池，赶到门前，立住问道："有甚么话讲？"婆子道："请问老爹，这个孩子还是要养他起来、不养他起来？"达卿大惊道："你说得好奇话，我六十多岁，才生一子，犹如麒麟、凤凰一般，岂有不养之理？"婆子道："不是个儿子。"达卿道："难道依旧是女儿不成？"婆子道："若是女儿，我倒也劝你养起来了。"达卿道："这话一发奇，既不是儿子，又不是女儿，是个甚么东西？"婆子道："我收了一世生，不曾接着这样一个孩子，我也辨不出来，你请自己进来看。"达卿就把门帘一掀，走进房去，抱着孩子一看，只见：

> 肚脐底下，腿胯中间，结子丁香，无其形而有其迹；含苞豆蔻，开其外而闭其中，凹不凹，凸不凸，好像个压扁的馄饨；圆又圆，缺又缺，竟是个做成的肉饺。逃于阴阳之外，介乎男女之间。

原来是个半雌不雄的石女。达卿看了，叹一口气，连叫几声"孽障"，将来递与婆子道："领不领随在你们，我也不好做主意。"说完，竟出去了。达卿之妻道："做一世人，只生得这些骨血，难道忍得淹死不成？就当不得人养，也只当放生一般，留在这边积个阴德也是好的。"就教婆子收拾起来，一般教通房抚养。

却说达卿走出房去，跑到菩萨面前，放声大哭。哭了一场，方才诉说道："菩萨，是你亲口许我的，教我散去家私，还我一个儿子，我虽不曾尽依得你，这二三千两银子也是难出手的。别人在佛殿上施一根椽，舍一个柱，就要祈保许多心事；我舍去的东西，若拿来交与银匠，也打得几个银孩子出来，难道就换不得一个儿子？便是儿子舍不得，女儿也还我一名，等我招个女婿养养老也是好的。再作我今生罪深孽重，祈保不来，索性不教我生也罢了，为甚么弄出这个不阴不阳的东西，留在后面现世？"说完又哭，哭完又说，竟像定要与菩萨说个明白的一般。哭到晚间，精神倦了，昏昏的睡去。那镜子里面依旧像前番说起话来道："不要哭，不要哭，我当初原与你说过的，你不失信，我也不失信。你既然将就打发我，我也将就打发你，难道舍不得一分死宝，就要换个完全活宝去不成？"达卿听见，又跪下来道："菩萨，果然是弟子失信，该当绝后无辞了。只是请问菩萨，可还有甚么法子忏悔么？"菩萨道："你若肯还依前话，拼着家私去施舍，我也还依前话，讨个儿子来还你就是。"达卿还要替他订个明白，不想再问就不应了，醒来又是一梦。心上思量道："菩萨的话原说得不差，是我抽他的桥板，怎么怪得他拔我的短梯？也罢，我这些家私依旧是没人承受的了，不如丢在肚皮外散尽了他，且看验不验？"到第二日，照前番的套数，菩萨面前，重发誓愿，呼集众人，教他"不可因我中止善心，不来劝我布施，凡有该做的好事，不时相闻，自当领教"。众人依旧欢呼念佛而去。

那一年，恰好遇着奇荒，十家九家绝食，达卿思量道："古语云：'饥时一口，饱时一斗。'此时舍一分，强如往常舍十分，不可错了机会。"就把仓中的稻子尽数发出来，赈济饥民；又把盐本收起来，教人到湖广、江西买米来赈粥，一连舍了三月，全活的饥民不止上千，此时家私将去一半。心上思量道："如今也该有些动静了。"只管去问通房："经水来不来，肚子大不大，可想吃甚么东西？"通房都道："一些也不觉得。"达卿心上又有些疑惑起来道："我舍的东西虽然不曾满数，只是菩萨也该把个消息与我，为甚么比前倒迟钝起来？"

忽一日，丫鬟抱了那个石女，走到达卿面前道："老爹抱抱孩子，我要去有事。"这孩子生了半年，达卿不曾沾手，因他是个怪物，见了就要气闷起来。此时欲待不接，怎奈那丫鬟因小便紧急，不由家主情愿，丢在怀中竟上马桶去了。达卿把孩子仔细一看，只见眉清目秀，耳大鼻丰，尽好一个相貌。就叹口气道："这样一个好孩子，只差得那一些，就两无所用。我的罪孽固然重了，你在前世作了甚么恶，就罚你做这样一件东西？"说完，把他抱裙揭开，看那腰下之物，不想看出一场大奇事来。你道甚么奇事？那孩子生出来的时节，小便之处男女两件东西都是有的，只是男子的倒缩在里面，女子的倒现在外边，所以男不像男，女不像女；如今不知甚么原故，女子的渐渐长平了，男子的又拖了半截出来，竟不知是几时变过的？他母亲夜间也不去摸他，日间也不去看他，此时达卿无心看见，就惊天动地叫起来道："你们都来看奇事！"一时间，妻子通房、丫鬟使婢，都走拢来道："甚么奇事？"达卿把孩子两脚扒开与众人看。众人都大惊道："这件东西是那里变出来的？好怪异！"达卿道："这等看起来，分明是菩萨的神通了。想当初降生的时节，他原做个两可的道理，试我好善之心诚与不诚，男也由得他，女也由得他，不男不女也由得他。如今见我的家私舍去一半，所以也拿一半来安慰我。这等看来，将来还不止于此。只是这一半也还是拿不稳的。我若照以前中止了善心，焉知伸得出来的缩不进去？如今没得说，只是发狠施舍就是了。"当日率了妻子通房，到菩萨面前磕了无数的头，就去急急寻好事做。

不多几时，场下瘟病大作，十个之中，医不好两三个。薄板棺材，从一两一口卖起，卖到五六两还不住。达卿就买了几簰木头，叫上许多匠作，昼夜做棺材施舍。又着人到镇江请明医，苏州买药料，把医生养在家中，施药替人救治。医得好的，感他续命之恩；医不好的，衔他掩尸之德。不上数月，又舍去二三千金。再把孩子一看，不但人道又长了许多，连肾囊肾子都褪出来了。达卿一来因善事圆满，二来因孩子变全，就往各寺敦请高僧，建七七四十九日水陆道场，酬还夙愿。功德完日，正值孩子周试之期，数百里内外受惠之人都来庆贺。以前达卿因孩子不雌不雄，难取名字，直到此时，方才拿得定是个男子，因他生得奇异，取名叫做奇生。后来易长易大，一些灾难也没有，资性又聪明，人物又俊雅，全不像灶户人家生出来的。达卿延请明师，教他诵读，十六岁就进学，十八岁就补廪。补廪十年，就膺了恩选，做过一任知县，一任知州。致仕之时，家资仍以万计。达卿当初只当不曾施舍，白白得了一个贵子，又还饶了一个封君，你道施舍的利钱重与不重？可见作福一事，是男人种子的仙方，女子受胎的秘诀，只是施舍的银子，不可使他落空，都要做些眼见的功德。

如今世上无子的人，十个九个是财上安命的，那里拼得施舍？究竟那些家产，终久是别人的，原与施舍一样。他宁可到死后分赃，再不肯在生前作福，这是甚么原故？只因有两个主意横在胸中，所以不肯割舍。第一个主意，说焉知我后来不生，生出来还要吃饭；不知天有生人，必有养人，那有个施恩作福修出来的儿子会饿死的？第二个主意，说有后无后，是前生注定的，那里当真修得来？不知因果一事，虽未必个个都像施达卿应得这般如响，只是钱财与子息这两件东西，大约有些相碍的。钱财多的人家，子息定少；子息多的人家，钱财必希。不信但看打鱼船上的穷人，皁田院中的丐妇，衣不遮身，食不充口，那儿子横一个，竖一个，止不住只管生出来；盈千累万的财主，妻妾满堂，眼睛望得血出，再不见生，就生了也养不大。可见银子是妨人的东西，世上无嗣的诸公，不必论因果不因果，请多少散去些，以为容子之地。

【评】

施达卿是个极有算计的人，前半段施舍也不妙，后半段施舍也不妙，妙在中间歇了一歇。若竟施舍到头，明明白白生个儿子出来，就索然无味，没有这样好小说替他流芳百世了。如今世上为善不终之人，个个都可以流芳百世，只要替做小说的想个收场之法耳。

第十回　移妻换妾鬼神奇

词云：

畜菜瓶翻莫救，葡萄架倒难支。闺内烽烟何日靖，报云死后班师。欲使妇人不妒，除非阖尽男儿。　醋有新陈二种，其间酸味同之。陈醋只闻妻妒妾，近来妾反先施。新陈更加有味，唇边咂尽胭脂。

这首词名为《何满子》，单说妇人吃醋一事。人只晓得醋乃妒之别名，不知这两个字也还有些分辨。"妒"字从才貌起见，是男人、女子通用得的；"醋"

字从色欲起见，是妇人用得着、男子用不着的。虽然这两个名目同是不相容的意思，究竟咀嚼起来，妒是个歪字眼，醋是件好东西。当初古人命名，一定有个意思，开门七件事，醋是少不得的，妇人主中馈，凡物都要先尝，吃醋是他本等，怎么比做争锋夺宠之事？要晓得争锋争得好，夺宠夺得当，也就如调和饮食一般，醋用得不多不少，那吃的人就但觉其美而不觉其酸了；若还不当争而争，不当夺而夺，只顾自己不管别人，就如性喜吃酸的妇人安排饮食，只像自己的心，不管别人的口，当用盐酱的都用了醋，那吃的人自然但觉其酸而不觉其美了。可见"吃醋"二字，不必尽是妒忌之名，不过说他酸的意思，就如秀才悭吝，人叫他酸子的一般。究竟妇人家这种醋意，原是少不得的。当醋不醋谓之失调，要醋没醋谓之口淡。怎叫做当醋不醋？譬如那个男子，是姬妾众的，外遇多的，若有个会吃醋的妻子钳束住了，还不至于纵欲亡身；若还见若不见，闻若不闻，一味要做女汉高，豁达大度，就像饮食之中，有油腻而无齑盐，多甘甜而少酸辣，吃了必致伤人，岂不叫做失调？怎叫做要醋没醋？譬如富贵人家，珠翠成行，钗环作队，若有个会吃醋的妻子夹在中间，愈加觉得津津有味；若还听我自去，由我自来，不过像个家鸨母迎商奉客，譬如饮食之中，但知鱼肉之腥膻，不觉珍馐之贵重，滋味甚是平常，岂不叫做口淡？只是这件东西，原是拿来和作料的，不是拿来坏作料的，譬如药中的饮子，姜只好用三片，枣只好用一枚，若用多了，把药味都夺了去，不但无益，而反有损，那服药的人，自然容不得了。

从来妇人吃醋的事，戏文、小说上都已做尽，那里还有一桩剩下来的？只是戏文、小说上的妇人，都是吃的陈醋，新醋还不曾开坛，就从我这一回吃起。陈醋是大吃小的，新醋是小吃大的。做大的醋小，还有几分该当，就酸也酸得有文理。况且他说的话，丈夫未必心服，或者还有几次醋不着的；惟有做小的人，倒转来醋大，那种滋味，酸到个没理的去处，所以更觉难当。况且丈夫心上，爱的是小，厌的是大。他不醋就罢，一醋就要醋着了。区区眼睛看见一个，耳朵听见一个。

眼睛看见的是浙江人，不好言其姓氏，丈夫因正妻无子，四十岁上娶了一个美妾。这妾极有内才，又会生子，进门之后，每年受一次胎，只是小产的多，生得出的少。他又能钳制丈夫，使他不与正妻同宿。一日正妻五旬寿诞，丈夫禀命于他，说："大生日比不得小生日，不好教他守空房。我权过去宿一晚，这叫做'百年难遇岁朝春'，此后不以为例就是了。"其妾变下脸来道："你去就是了，何须对我说得！"他这句话是煞气的声口，原要激他中止的。谁想丈夫要去的心慌，就是明白禁止，尚且要矫诏而行。何况得了这个似温不严的旨意，那里还肯认做假话，调过头去竟走。其妾还要唤他转来，不想才走进房，就把门窗紧闭，同上牙床，大做生日去了。十年割绝的夫妻，一旦凑做一处，在妻子看了，不消说是久旱逢甘雨；在丈夫看了，也只当是他乡遇故知，诚于中而形于外，自然有许多声响做出来了。其妾在门外听见，竟当作一桩怪事，不说他的丈夫被我占来十年，反说我的丈夫被他夺去一夜。要勉强熬到天明，与丈夫厮闹，一来十年不曾独宿，捱不过长夜如年；二来又怕做大的趁这一夜工夫，把十年含忍的话在枕边发泄出来，使丈夫与他离心离德。想到这个地步，真是一刻难容，要叫又不好叫得，就生出一个法子，走到厨下点一盏灯，拿一把草，跑到猪圈屋里放起火来，好等丈夫睡不安宁，起来救火。他的初意只说猪圈屋里没有甚么东西，拼了这间破房子，做个火攻之计，只要吓得丈夫起来，救灭了火，依旧扯到他房里睡，就得计了。不想水火无情，放得起，浇不息，一夜直烧到天明，不但自己一分人家化为灰烬，连四邻八舍的屋宇都变为瓦砾之场。次日丈夫拷打丫鬟,说："为甚么夜头夜晚点灯到猪圈里去？"只见许多丫鬟众口一词，都说："昨夜不曾进猪圈，只看见二娘立在大娘门口，悄悄的听了一会，后来慌忙急促走进厨房，一只手拿了灯，一只手抱了草走到后面去，不多一会，就火着起来，不知甚么原故？"丈夫听了这些话，才晓得是奸狠妇人做出来的歹事。后来邻舍知道，人人切齿，要写公呈出首，丈夫不好意思，只得私下摆布杀了。这一个是区区目击的，乃崇祯九年之事。

　　耳闻的那一个是万历初年的人，丈夫叫做韩一卿，是个大富长者，在南京淮清门外居住。正妻杨氏，偏房陈氏。杨氏嫁来时节，原是个绝标致的女子，只因到二十岁外，忽地染了疯疾，如花似玉的面庞，忽然臃肿，一个美貌佳人，变做疯皮癞子。丈夫看见，竟要害怕起来，只得另娶了一房，就是陈氏。他父亲是个皂隶，既要接人的重聘，又不肯把女儿与人做小，因见一卿之妻染了此病，料想活不久，贪一卿家富，就许了他。陈氏的姿色虽然艳丽，若比杨氏未病之先，也差不得多少，此时进门与疯皮癞子比起来，自然一个是西施，一个是嫫姆了。治家之才，驭下之术，件件都好，又有一种笼络丈夫的伎俩。进门之夜，就与他断过："我在你家，只可与一人并肩，不可使二人敌体，自我进门之后，再不许你娶别个了。"一卿道："以后自然不娶，只是以前这一个，若医不好就是了，万一医得好，我与他是结发夫妻，不好抛撇，少不得一边一夜，只把心向你些就是了。"陈氏晓得是决死之症，落得做虚人情，就应他道："他先来，我后到，凡事自然要让他。莫说一边一夜，就是他六我四，他七我三，也是该当的。"

从此以后，晓得他医不好，故意催丈夫赎药调治，晓得形状恶赖，丈夫不敢近身，故意推去与他同睡。杨氏只道是个极贤之妇，心上感激不了，凡是该说的话，没有一句不教诲他。一日对他道："我是快死的人，不想在他家过日子了，你如今一朵鲜花才开，不可不使丈夫得意。他生平有两桩毛病，是犯不得的，一犯了他，随你百般粉饰，再医不转。"陈氏问那两桩，杨氏道："第一桩是多疑，第二桩是悭吝。我若偷他一些东西到爷娘家去，他查出来，不是骂，就是打，定有好几夜不与我同床，这是他悭吝的毛病。他眼睛里再着不得一些嫌疑之事，我初来的时节，满月之后，有个表兄来问我借银子，见他坐在面前，不好说得，等他走出去，靠了我的耳朵说几句私话，不想被他张见。当时不说，直等我表兄去了，与我大闹，说平日与他没有私情，为甚么附耳讲话？竟要写休书休起我来。被我再三折辨，方才中止。这桩事至今还不曾释然，这是他疑心的毛病。我把这两桩事说在你肚里，你晓得他的性格，时时刻刻要存心待他，不可露出一些破绽，就离心离德，不好做人家了。"陈氏得了这些秘诀，口中感谢不尽道："是母亲爱女儿也不过如此，若还医得你好，教我割股也情愿。"

却说杨氏的病，起先一日狠似一日，自从陈氏过门之后，竟停住了。又有个算命先生，说他"只因丈夫该当克妻，所以累你生病，如今娶了第二房，你的担子轻了一半，将来不会死了"。陈氏听见这句话，外面故意欢喜，内里好不担忧，就是他的父亲，也巴不得杨氏死了，好等女儿做大，不时弄些东西去浸润他，谁想终日打听，再不见个死的消息。一日来与女儿商量说："他万一不死，一旦好起来，你就要受人的钳制了，倒不如弄些毒药，早些结果了他，省得淹淹缠缠，教人记挂。"陈氏道："我也正要如此。"又把算命先生的话与他说了一遍。父亲道："这等一发该下手了。"就去买了一服毒药，交与陈氏，陈氏搅在饮食之中，与杨氏吃了，不上一个时辰，发狂发躁起来，舌头伸得尺把长，眼睛乌珠挂出一寸。陈氏知道着手，故意叫天叫地，哭个不了。又埋怨丈夫，说他不肯上心医治。一卿把衣衾棺椁办得剪齐，只等断了气，就好收殓。谁想杨氏的病，不是真正麻疯，是吃着毒物了起的。如今以毒攻毒，只当遇了良医，发过一番狂躁之后，浑身的皮肉一齐裂开，流出几盆紫血，那眼睛舌头依旧收了进去。昏昏沉沉睡过一晚，到第二日，只差得黄瘦了些，形体面貌竟与未病时节的光景一毫不差。再将养几时，疯皮癞子依旧变做美貌佳人了。陈氏见药他不死，一发气恨不平，埋怨父亲，说他毒药买不着，错买了灵丹来，倒把死人医活了，将来怎么受制得过？

一卿见妻子容貌复旧，自然相爱如初，做定了规矩，一房一夜。陈氏起先还说三七、四六，如今对半均分还觉得吃亏，心上气忿不了，要生出法来离间他。思量道："他当初把那两桩毛病来教导我，我如今就把这两桩毛病去摆布他。疑心之事，家中没有闲杂人往来，没处下手，只有悭吝之隙可乘，他爷娘家不住有人来走动，我且把贼情事冤屈他几遭，一来使丈夫变变脸，动动手，省得他十分得意；二来多呴几次气，也少同几次房。他两个鹬蚌相持，少不得是我渔翁得利。先讨他些零碎便宜，到后来再算总账。"计较定了，着人去对父亲说："以后要贵重些，不可常来走动，我有东西，自然央人送来与你。"父亲晓得他必有妙用，果然绝迹不来。一卿隔壁有个道婆居住，陈氏背后与他说过："我不时有东西丢过墙来，烦你送到娘家去，我另外把东西谢你。"道婆晓得有些利落，自然一口应承。

却说杨氏的父母见女儿大病不死，喜出望外，不住教人来亲热他。陈氏等他来一次，就偷一次东西丢过墙去，寄与父亲。一卿查起来，只说陈家没人过往，自然是杨氏做的手脚，偷与来人带去了。不见一次东西，定与他呴一次气；呴一次气，定有几夜不同床。杨氏忍过一遭，等得他怒气将平、正要过来的时节，又是第二桩贼情发作了。冤冤相继，再没有个了时。只得寄信与父母，教以后少来往些，省得累我受气。父母听见，也像陈家绝迹不来。一连隔了几月，家中渐觉平安。鹬蚌不见相持，渔翁的利息自然少了。陈氏又气不过，要寻别计弄他，再没有个机会。

一日将晚，杨氏的表兄走来借宿，一卿起先不肯留，后来见城门关了，打发不去，只得在大门之内、二门之外收拾一间空房，等他睡了。一卿这一晚该轮着陈氏，陈氏往常极贪，独有这一夜，忽然廉介起来，等一卿将要上床，故意推到杨氏房里去。一卿见他固辞，也就不敢相强，竟去与杨氏同睡。杨氏又说不该轮着自己，死推硬拟不容他上床，一卿费了许多气力，方才钻得进被。

只见睡到一更之后，不知不觉被一个人掩进房来，把他脸上摸了一把，摸到胡须，忽然走了出去。一卿在睡梦之中被他摸醒，大叫起来道："房里有贼！"杨氏吓得战战兢兢，把头钻在被里，再不则声。一卿就叫丫鬟点起灯来，自己披了衣服，把房里、房外照了一遍，并不见个人影。丫鬟道："二门起先是关的，如今为何开着，莫非走出去了不成？"一卿再往外面一照，那大门又是闩好的。心上思量道："若说不是贼，二门为甚么会开？若说是贼，大门又为甚么不开？这桩事好不明白。"

正在那边踟蹰，忽然听见空房之中有人咳嗽，一卿点点头道："是了，是了，原来是那个淫妇与这个畜生日间有约，说我今夜轮不着他，所以开门相等。及至这个畜生扒上床去，摸着我的胡须，知道干错了事，所以张惶失措，跑了出来。我一向疑心不决，直到今日才晓得是真。"一卿是个有血性的人，想到这个地步，那里还忍得住？就走到咳嗽的所在，将房门踢开，把杨氏的表兄从床上拖到地下，不分皂白，捶个半死。那人问他甚么原故，一卿只是打，再不说。那人只得高声大叫，喊"妹子来救命！"谁想他越喊得急，一卿越打得凶，杨氏是无心的人，听见叫喊，只得穿了衣服走出来，看为甚么原故。那里晓得那位表兄是从被里扯出来的，赤条条的一个身子，没有一件东西不露在外面。起先在暗处打，杨氏还不晓得，后来被一卿拖到亮处来，杨氏忽然看见，才晓得自家失体，羞得满面通红，掉转头来要走，不想一把头发已被丈夫揪住，就捺在空房之中，也像令表兄一般，打个不数。杨氏只说自己不该出来，看见男子出身露体，原有可打之道，还不晓得那桩冤情。直等陈氏教许多丫鬟把一卿扯了进去，细问缘由，方才说出杨氏与他表兄当初附耳绸缪、如今暗中摸索的说话。陈氏替他苦辨，说："大娘是个正气之人，决无此事。"一卿只是不听。

等到天明要拿奸夫，与杨氏一齐送官，不想那人自打之后，就开门走了。一卿写下一封休书，教了一乘轿子，要休杨氏到娘家去。杨氏道："我不曾做甚么歹事，你怎么休得我？"一卿道："奸夫都扒上床来，还说不做歹事？"杨氏道："或者他有歹意，进来奸我，也不可知。我其实不曾约他进来。"一卿道："你既不曾约他，把二门开了等那一个？"杨氏赌神罚咒，说不曾开门，一卿那里肯信？不由他情愿，要勉强扯进轿子。杨氏痛哭道："几年恩爱夫妻，亏你下得这双毒手，就要休我，也等访的实了休也未迟。昨夜上床的人，你又不曾看见他的面貌，听见他的声音，胡里胡涂，焉知不是做梦？就是二门开了，或者是手下人忘记，不曾关也不可知。我如今为这桩冤枉的事休了回去，就死也不得甘心。求你积个阴德，暂且留我在家，细细的查访，若还没有歹事，你还替我做夫妻；若有一毫形迹，凭你处死就是了，何须休得？"说完，悲悲切切，好不哭得伤心。一卿听了，有些过意不去，也不叫走，也不叫住，低了头只不则声。陈氏料他决要中止，故意跪下来讨饶，说："求你恕他个初犯，以后若再不正气，一总处他就是了。"又对杨氏道："从今以后要改过自新，不可再蹈前辙。"一卿原要留他，故意把虚人情做在陈氏面上，就发落他进房去了。

　　从此以后，留便留在家中，日间不共桌，夜里不同床，杨氏只吃得他一碗饭，其实也只当休了的一般。他只说那夜进房的果然是表兄，无缘无故走来沾污人的清名，心上恨他不过，每日起来定在家堂香火面前狠咒一次。不说表兄的姓名，只说"走来算计我的，教他如何如何；我若约他进来，教我如何如何，定要求菩萨神明昭雪我的冤枉，好待丈夫回心转意"。咒了许多时，也不见丈夫回心，也不见表兄有甚么灾难。

　　忽然一夜，一卿与陈氏并头睡到三更，一齐醒来，下身两件东西，无心凑在一处，不知不觉自然会运动起来，觉得比往夜更加有趣。完事之后，一卿问道："同是一般取乐，为甚么今夜的光景有些不同？"一连问了几声，再不见答应一句。只说他怕羞不好开口，谁想过了一会，忽然流下泪来。一卿问是甚么原故，他究竟不肯回言。从三更哭起，哭到五更，再劝不住，一卿只得搂了同睡。睡到天明，正要问他夜间的原故，谁想睁眼一看，不是陈氏，却是杨氏，把一卿吓了一跳。思量昨夜明明与陈氏一齐上床，一齐睡去，为甚么换了他来？想过一会，又疑心道："这毕竟是陈氏要替我两个和事，怕我不肯，故意睡到半夜，自己走过去，把他送了来，一定是这个原故了。"起先不知，是搂着的，如今晓得，就把身离开了。

　　却说杨氏昨夜原在自家房里一人独宿，谁想半夜之后从梦中醒来，忽然与丈夫睡在一处，只说他念我结发之情，一向在那边睡不过意，半夜想起，特地走来请罪的。所以丈夫问他，再不答应。只因生疏了许久，不好就说肉麻的话，想起前情，唯有痛哭而已。及至睡到天明，掀开帐子一看，竟不在自己房中，却睡在陈氏的床上，又疑心，又没趣，急急爬下床来，寻衣服穿。谁想裙袄褶裤都是陈氏所穿之物，自己的衣服半件也没有。正在张惶之际，只见陈氏倒穿了他的衣服走进房来，掀开帐子，对着一卿骂道："奸巧乌龟做的好事！你心上割舍不得，要与他私和，就该到他房里去睡，为甚么在睡梦之中把我抬过去，把他扯过来，难道我该替他守空房，他该替我做实事的么？"

一卿只说陈氏做定圈套，替他和了事，故意来取笑他。就答应道："你倒趁我睡着了，走去换别人来，我不埋怨你就够了，你反装聋做哑来骂我？"陈氏又变下脸来，对杨氏道："就是他扯你过来，你也该自重，你有你的床，我有我的铺，为甚么把我的毡条褥子垫了你们做把戏？难道你自家的被席只该留与表兄睡的么？"杨氏羞得顿口无言，只得也穿了陈氏的衣服走过房去。夫妻三个都像做梦一般，一日疑心到晚，再想不着是甚么原故。

及至点灯的时节，陈氏对一卿道："你心上丢不得他，趁早过去，不要睡到半夜三更，又把我当了死尸抬来抬去！"一卿道："除非是鬼摄去的，我并不曾抬你。"两人脱衣上床，陈氏两只手死紧把一卿搂住，睡梦里也不肯放松，只怕自己被人抬去。上床一觉直睡到天明，及至醒来一看，搂的是个竹夫人，丈夫不知那里去了？流水爬起来，披了衣服，赶到杨氏房中，掀开帐子一看，只见丈夫与杨氏四只手搂做一团，嘴对嘴，鼻对鼻，一线也不差，只有下身的嘴鼻盖在被中，不知对与不对。陈氏气得乱抖，就趁他在睡梦之中，把丈夫一个嘴巴，连杨氏一齐吓醒。各人睁开眼睛，你相我，我相你，不知又是几时凑着的。陈氏骂道："奸乌龟，巧王八！教你明明白白地过来，偏生不肯，定要到半夜三更瞒了人来做贼。我前夜着了鬼，你难道昨夜也着了鬼不成？好好起来对我说个明白！"一卿道："我昨夜不曾动一动，为甚么会到这边来，这桩事着实有些古怪。"陈氏不信，又与他争了一番。一卿道："我有个法子，今夜我在你房里睡，把两边门都锁了，且看可有变动。若平安无事，就是我的诡计；万一再有怪事出来，就无疑是鬼了，毕竟要请个道士来遣送。难道一家的人把他当做傀儡，今日挈过东、明日挈过西不成？"陈氏道："也说得是。"

到了晚间，先把杨氏的房门锁了。二人一齐进房，教丫鬟外面加锁，里面加栓，脱衣上床，依旧搂做一处。这一夜只因怕鬼，二人都睡不着，一直醒到四更，不见一些响动，直到鸡啼方才睡去。一卿醒转来，天还未明，伸手把陈氏一摸，竟不见了。只说去上马桶，连唤几声，不见答应，就着了忙。叫丫鬟快点起灯来，把房门开了，各处搜寻，不见一毫形迹，及至寻到茅坑隔壁，只见他披头散发，在猪圈之中搂着一个癞猪同睡。唤也不醒，推也不动，竟像吃酒醉的一般。一卿要教丫鬟抬他进去，又怕醒转来，自己不晓得，反要胡赖别人；要丢他在那边，自己去睡，心上又不忍。只得坐在猪圈外，守他醒来。杨氏也坐在那边，一来看他，二来与一卿做伴。一卿叹口气道："好好一分人家，弄出这许多怪事，自然是妖怪了，将来怎么被他搅扰得过？"杨氏道："你昨日说要请道士遣送，如今再迟不得了。"一卿道："口便是这等说，如今的道士个个是骗人的，那里有甚么法术？"杨氏道："遣得去遣不去也要做做看，难道好由他不成？"

两个不曾说得完，只见陈氏在猪圈里伸腰叹气，丫鬟晓得要醒了，走到身边把他摇两摇道："二娘，快醒来，这里不便，请进去睡。"陈氏蒙蒙眬眬的应道："我不是甚么二娘，是个有法术的道士，来替你家遣妖怪的。"丫鬟只说他做梦，依旧攀住身子乱摇，谁想他立起身来，高声大叫道："捉妖怪，捉妖怪！"一面喊，一面走，不像往常的脚步，竟是男子一般。两三步跨进中堂，爬上一张桌子，对丫鬟道："快取宝剑法水来！"一家人个个吓得没主意，都定着眼睛相他。他又对丫鬟道："你若不取来，我就先拿你做了妖怪，试试我的拳头。"说完一只手捏了丫鬟的头髻，轻轻提上桌子；一只手捏了拳头，把丫鬟乱打。丫鬟喊道："二娘，不要打，放我下去取来就是。"陈氏依旧把丫鬟提了，朝外一丢，丢去一丈多路。

一卿看见这个光景，晓得有神道附住他了，就教丫鬟当真去取来，丫鬟舀一碗净水，取一把腰刀，递与他。他就步罡捏诀，竟与道士一般做作起来。念完一个咒，把水碗打碎，跳下一张台子，走到自己房中，拿一条束腰带子套在自家颈上，一只手牵了出来，对众人道："妖怪拿到了，你家的怪事，是他做起，待我教他招来。"对着空中问道："头一桩怪事，你为甚么用毒药害人？害又害不死，反而把他医好，这是甚么原故？"问了两遭，空中不见有人答应，他又道："你若不招，我就动手了！"将刀背朝自己身上重重打了上百，自己又喊道："不消打，招就是了。我当初嫁来的时节，原说他害的是死症，要想自己做大的。后来见他不死，所以买毒药来催他，不知甚么原故反医活了，这桩事是真的。"歇息一会，自己又问道："第二桩怪事，你为甚么把丈夫的东西，偷到爷娘家去，反把贼情事冤屈做大的？这是那个教你的法子？"自己又答应道："这个法子是大娘自己教我的。他疯病未好之先，曾对我讲，说丈夫有悭吝的毛病，家中不见了东西，定要与他呕气；呕气之后，定有几夜不同床。我后来见他两个相处得好，气忿不过，就用这个法子摆布他。这桩事也是真的。"自己又问道："第三桩怪事，杨氏是个冰清玉洁之人，并不曾做歹事，那晚他表兄来借宿，你为甚么假装男子走去摸丈夫的胡须，累他受那样的冤屈？这个法子又是那个教你的？"自己又应道："这也是大娘教我的。他说初来之时，与表兄说话，丈夫疑他有私。后来他的表兄恰好来借宿，

我就用这个法子离间他。这桩事是他自己说话不留心，我固然该死，他也该认些不是。我做的怪事只有这三桩，要第四件就没有了。后来把我们抬来抬去的事不知是那个做的，也求神道说个明白。"自己又应道："抬你们的就是我。我见杨氏终日哀告，要我替他伸冤，故此显个神通惊吓你，只说你做了亏心之事，见有神明帮助他，自然会惊心改过。谁想你全不懊悔，反要欺凌丈夫，殴辱杨氏，故此索性显个神通，扯你与癞猪同宿。今日把他的冤枉说明，破了一家人的疑惑，你以后却要改过自新，若再如此，我就不肯轻恕你了。"

杨氏听了这些话，快活到极处，反痛哭起来，只晓得是神道，不记得是仇人，倒跪了陈氏，磕上无数的头。一卿心上思量道："是便是了，他又不曾到那里去，娘家又不十分有人来，当初的毒药是那个替他买来的？偷的东西又是那个替他运去的？毕竟有些不明白。"

正在那边疑惑，只见他父亲与隔壁的道婆听见这桩异事，都赶来看。只说他既有神道附了，毕竟晓得过去未来，都要问他终身之事。不想走到面前，陈氏把一只手揪住两个的头发，一只手掉转了刀背，一面打，一面问道："毒药是那个买的？东西是那个运去的？快快招来！"起先两个还不肯说，后来被他打得头破血流，熬不住了，只得各人招出来。一卿到此，方才晓得是真正神道，也对了陈氏乱拜。

拜过之后，陈氏舞弄半日，精神倦了，不觉一交跌倒，从桌上滚到地下，就动也不动。众人只说他跌死，走去一看，原来还像起先闭了眼，张了口，呼呼的睡，像个醉汉的一般，只少个癞猪做伴。众人只得把他抬上床去，过了一夜，方才苏醒。问他昨日舞弄之事，一毫不知，只说在睡梦之中，被个神道打了无数刀背。一卿道："可曾教你招甚么话么？"他只是模糊答应，不肯说明。那里晓得隐微之事，已曾亲口告诉别人过了。后来虽然不死，也染了一桩恶疾，与杨氏当初的病源大同小异，只是杨氏该造化，有人把毒药医他；他自己姑息，不肯用那样虎狼之剂，所以害了一世，不能够与丈夫同床。你道陈氏他染的是甚么恶疾？原来只因那一晚搂了癞猪同睡，猪倒好了，把癞疮尽过与他，雪白粉嫩的肌肤，变做牛皮蛇壳，一卿靠着他，就要喊叫起来。便宜了个不会吃醋的杨夫人，享了一生忠厚之福，可见新醋是吃不得的。

我这回小说，不但说做小的不该醋大，也要使做大的看了，晓得这件东西，不论新陈，总是不吃的妙。若使杨氏是个醋量高的，终日与陈氏吵吵闹闹，使家堂香火不得安生，那鬼神不算计他也够了，那里还肯帮衬他？无论疯病不得好，连后来那身癞疮，焉知不是他的晦气？天下做大的人，忠厚到杨氏也没处去了，究竟不曾吃亏，反讨了便宜去。可见世间的醋，不但不该吃，也尽不必吃。我起先那些吃醋的注解，原是说来解嘲的，不可当了实事做。

【评】

这回小说，天下人看了，都要怪他说得不经。世上那有小反醋大之理？不知做大的醋小，一百个之中有九十九个；做小的醋大，一百个之中也有九十九个。只是做大的醋小，发泄得出；做小的醋大，发泄不出。虽有内外之分，其醋一也。这回小说，即使天下做小的看了，也都服他是诛心之论。

第十一回　儿孙弃骸骨僮仆奔丧

诗云：

> 古云有子万事足，多少茕民怨孤独。
> 常见人生忤逆儿，又言无子翻为福。
> 有子无儿总莫嗟，黄金不尽便传家。
> 床头有谷人争哭，俗语从来说不差。

话说世间子嗣一节，是人生第一桩大事。祖宗血食要他绵，自己终身要他养，一生挣来的家业要他承守。这三件事，本是一样要紧的，但照世情看起来，为父为子的心上，各有一番轻重。父亲望子之心，前面两桩极重，后面一件甚轻；儿子望父之心，前面两件还轻，后面一桩极重。若有了家业，无论亲生之子生前奉事殷勤，死后追思哀切，就是别人的骨血承继来的，也都看银子面上，生前一样温衾扇枕，死后一般戴孝披麻，却像人的儿子尽可以不必亲生；若还家业凋零，老景萧索，无论螟蛉之子孝意不诚，丧容欠戚，就是自己的骨髓流出来结成的血块，也都冷面承欢，愁容进食，及至送终之际，减其衣衾，薄其棺椁，道他原不曾有家业遗下来，不干我为子之事。待自己生身的尚且如此，待父母生身的一发可知。就逢时遇节，勉强祭奠一番，也与呼蹴之食无异，祖宗未必肯享。这等说来，岂不是三事之中，只有家业最重？

当初有两个老者，是自幼结拜的弟兄，一个有二子，一个无嗣。有子的要把家业尽数分与儿子，待他轮流供膳；无嗣的劝他留住一分自己养老，省得在儿子项下取气，凡事不能自由。有子的不但不听，还笑他心性刻薄，以不肖待人，怪得难为子息，竟把家业分析开了，要做个自在之人。不想两位令郎都不孝，一味要做人家，不顾爷娘死活，成年不动酒，论月不开荤，那老儿不上几月，熬得骨瘦如柴。

　　一日在路上撞着无嗣的，无嗣的问道："一向不见，为何这等清减了？"有子的道："只因不听你药石之言，以致如此。"就把儿子鄙吝，舍不得奉养的话告诉一遍。无嗣的叹息几声，想了一会道："令郎肯作家也是好事，只是古语云：'五十非肉不饱。'你这样年纪，如何断得肉食？我近日承继了两个小儿，倒还孝顺，酒肉鱼鲞，拥在面前，只愁没有两张嘴，两个肚，你不如随我回去，同住几日，开开荤了回去何如？"有子的熬炼不过，顾不得羞耻，果然跟他回去。无嗣的道："今日是大小儿供给，且看他的饮馔何如？"少顷，只见美味盈前，异香扑鼻，有子的与他豪饮大嚼，吃了一顿，抵足睡了。次日起来道："今日轮着二房供膳，且看比大房丰俭何如？"少刻，又见佳酥美馔，不住的搬运出来，取之无穷，食之不竭。

　　一连过了几日，有子的对无嗣的叹息道："儿子只论孝不孝，那论亲不亲？我亲生的那般忤逆，反不如你承继的这等孝顺，只是小弟来了两日，再不见令郎走出来，不知是怎生两个相貌，都一般有这样的孝心，可好请出来一见？"无嗣的道："要见不难，待我唤他们出来就是。"就向左边唤道："请大官人出来。"伸手在左边袋里摸出一个银包，放在桌上。又向右边唤道："请二官人出来。"伸手又在右边袋里摸出一个银包，放在桌上。对有子的指着道："这就是两个小儿，老兄请看。"有子的大惊道："这是两包银子，怎么说是令郎？"无嗣的道："银子就是儿子了，天下的儿子那里还有孝顺似他的？要酒就是酒，要肉就是肉，不用心焦，不消催促，何等体心。他是我骨头上挣出来的，也只当自家骨血，当初原教他同家过活，不忍分居，只因你那一日分家，我劝你留一分养老，你不肯听，我回来也把他分做两处，一个居左，一个居右，也教他们轮流供膳，且看是你家的孝顺，我家的孝顺？不想他们还替我争气，不曾把我熬瘦了，到如今或许我请人相陪，岂不是古今来第一个养志的孝子？不枉我当初苦挣他一场。"说完，依旧塞进两边袋里去了。那有子的听了这些话，不觉两泪交流，无言可答。后来无子的怜他老苦，时常请他吃些肥食，滋补颐养，才得尽其天年。

　　看官，照这桩事论起来，有家业分与儿子的，尚且不得他孝养之力，那白手传家、空囊授子的，一发不消说了，虽然如此，这还是入世不深；只知其一，不知其二的话。若照情理细看起来，贫穷之辈，囊无蓄贯，仓少余粮，做一日吃一日的人家，生出来的儿子，倒还有些孝意。为甚么原故？只因他无家可传，无业可受，那负米养亲、采菽供膳之事，是自小做惯的，也就习以为常，不自知其为孝，所以倒有暗合道理的去处，偏是富贵人家儿子，吃惯用惯，却像田地金银是他前世带来的，不关父母之事，略分少些，就要怨恨，竟像刻剥了他己财一般。若稍稍为父母吃些辛苦，就道是尽瘁竭力，从来未有之孝了，那里晓得当初曾、闵、大舜，还比他辛苦几分。所以人的孝心，大半丧于膏粱纨袴，不可把金银产业当做传家之宝，既为儿孙做马牛，还替他开个仇恨爷娘之衅。我如今说个争财背本之人，以为逆子贪夫之戒。

明朝万历年间，福建泉州府同安县，有个百姓，叫做单龙溪，以经商为业。他不贩别的货物，单在本处收荔枝圆眼，到苏杭发卖。长子单金早丧，遗腹生下一孙，就叫做遗生。次子单玉，是中年所得，与遗生虽是叔侄，年相上下，却如兄弟一般。两个同学读书，不管生意之事。家中有个义男，叫做百顺，写得一笔好字，打得一手好算，龙溪见他聪明，时常带在身边服侍，又相帮做生意。百顺走过一两遭，就与老江湖一般惯熟。为人又信实，说一是一，说二是二，所以行家店户，没有一个不抬举他。龙溪不在面前，一般与他同起同坐。又替他取个表德，叫做顺之。做到后来，反厌龙溪古板，喜他活动。龙溪脱不去的货，他脱得去；龙溪讨不起的账，他讨得起。龙溪见他结得人缘，就把脱货讨账之事，索性教他经手，自己只管总数。就有人在背后劝百顺，教他聚些银子，赎身出去自做人家。百顺回他道："我前世欠人之债，所以今世为人之奴，拼得替他劳碌一生，偿还清了，来世才得出头；若还鬼头鬼脑偷他的财物，赎身出去自做人家，是债上加债了，那一世还得清洁？或者家主严厉，自己苦不过，要想脱身，也还有些道理；我家主仆犹如父子一般，他不曾以寇仇对待我，我怎忍以土芥视他？"那劝的人听了，反觉得自家不是，一发敬重他。

却说龙溪年近六旬，妻已物故，自知风烛草霜，将来日子有限，欲待丢了生意不做，又怕账目难讨，只得把本钱收起三分之二，瞒了家人掘个地窖，埋在土中，要待单玉与遗生略知世务，就取出来分与他。只将一分客本贩货往来，答应主顾，要渐渐刮起陈账，回家养老。谁想经纪铺户规矩做定了，毕竟要一账搭一账，后货到了，前账才还，后货不到，前账只管扣住，龙溪的生意再歇不得手。他平日待百顺的情分与亲子无异，一样穿衣，一般吃饭，见他有些病痛，恨不得把身子替他。只想到银子上面，就要分个彼此，子孙毕竟是子孙，奴仆毕竟是奴仆。心上思量道："我的生意一向是他经手，倘若我早晚之间有些不测，那人头上的账目总在他手里，万一收了去，在我儿孙面前多的说少，有的说无，教他那里去查账？不如趁我生前把儿孙领出来，认一认主顾，省得我死之后，众人不相识，就有银子也不肯还他。"算计定了，到第二次回家，收完了货，就吩咐百顺道："一向的生意都是你跟去做，把两个小官人倒弄得游手靠闲，将来书读不成，反误他终身之事。我这番留你在家，教他们跟我出去，也受些出路的风霜，为客的辛苦，知道钱财难趁，后来好做人家。"百顺道："老爹的话极说得是，只怕你老人家路上没人服侍，起倒不便。两位小官人不曾出门得惯，船车上担干受系，反要费你的心。"龙溪道："也说不得，且等他走上一两遭再做区处。"

却说单玉与遗生听见教他丢了书本，去做生意，喜之不胜。只道做客的人，终日在外面游山玩水，风花雪月，不知如何受用，那里晓得穿着草鞋游山，背着被囊玩水，也不见有甚山水之乐。至于客路上的风花雪月，与家中大不相同，两处的天公竟是相反的。家中是解愠之风，兆瑞之雪，娱目之花，赏心之月；客路上是刺骨之风，僵体之雪，断肠之花，伤心之月。二人跟了出门，耐不过奔驰劳碌，一个埋怨阿父，一个嗟怅阿祖，道："好好在家快活，为甚么领人出来，受这样苦？"及至到了地头，两个水土不服，又一齐生起病来，这个要汤，那个要药，把个六十多岁的老人家磨得头光脚肿，方才晓得百顺的话句句是金石之言，懊悔不曾听得。服侍得两人病痊，到各店去发货，谁想人都嫌货不好，一箱也不要，只得折了许多本钱，滥贱的撺去。要讨起前账回家，怎奈经纪铺行都回道："经手的不来，不好付得。"单玉、遗生与他争论，众人见他大模大样，一发不理，大家相约定了，分文不付。龙溪是年老之人，已被一子一孙磨得七死八活，如今再受些气恼，分明是雪上加霜，那里撑持得住？一病着床，再医不起。自己知道不济事了，就对单玉、遗生道："我虽然死在异乡，有你们在此收殓，也只当死在家里一般。我死之后，你可将前日卖货的银子装我骸骨回去。这边的账目料想你们讨不起，不要与人嘈气，回去叫百顺来讨，他也有些良心，料不致全然干没。我还有一句话，论理不该就讲，只恐临危之际说不出来，误了大事，只得讲在你们肚里。我有银子若干，盛做几坛，埋在某处地下，你们回去可掘起来均分，或是买田，或是做生意，切不可将来浪费。"说完，就教买棺木，办衣衾，只等无常一到，即便收殓。

却说单玉、遗生见他说出这宗银子埋在家中，两人心上如同火发，巴不得乃祖乃父早些断气，收拾完了，好回去掘来使用。谁想垂老之病，犹如将灭之灯，乍暗乍明，不肯就息。二人度日如年，好生难过。

一日遗生出去讨账，到晚不见回来，龙溪央人各处寻觅，不见踪影。谁想他要银子心慌，等不得乃祖毕命，又怕阿叔一同回去，以大欺小，分不均匀，故此瞒了阿叔，背了乃祖，做个高才捷足之人，预先赶回去掘藏了。龙溪不曾设身处地，那里疑心到此？单玉是同事之人，晓得其中诀窍，遗生未去之先，他早有此意，只因意思不决，迟了一两天，所以被人占了先着。心上思量道："他既然瞒我回去，自然不顾道理，一总都要掘去了，那里还留一半与我？我明日回去取讨，他也未必肯还，要打官司，又没凭据，难道孙子得了祖财，儿子反立在空地不成？如今父亲的衣衾棺都已有了，若还断气，主人家也会殡殓，何必定要儿子送终？我若与他说明，他决然不放我走，不如便宜行事罢了。"算计已定，次日瞒了父亲，以寻访遗生为名，雇了快船，兼程而进的去了。

龙溪见孙子寻不回来，也知道为银子的原故，懊悔出言太早，还叹息道："孙子比儿子到底隔了一层，情意不相关切，只要银子，就做出这等事来。还亏得我带个儿子在身边，不然骸骨都没人收拾了。可见天下孝子易求，慈孙难得。"谁想到第二日，连儿子也不见了，方才知道不但慈孙难得，并孝子也不易求，只有钱财是嫡亲父祖，就埋在土中，还要急急赶回去掘他起来。生身的父祖，到临终没有出息，竟与路人一般，就死在旦夕，也等不得收殓过了带他回去。财之有用，亦至于此；财之为害，亦至于此。叹息了一回，不觉放声大哭。又思量若带百顺出来，岂有此事？自古道："国难见忠臣。"不到今日，如何见他好处？怎得他飞到面前，待我告诉一番，死也瞑目。

却说百顺自从家主去后，甚不放心，终日求签问卜，只怕高年之人，外面有些长短。一日忽见遗生走到，连忙问道："老爷一向身体何如？如今在那里？为甚么不一齐回来，你一个先到？"遗生回道："病在外面，十分危笃，如今死了也不可知。"百顺大惊道："既然病重，你为何不在那边料理后事，反跑了回来？"遗生只道回家有事，不说起藏的原故。百顺见他举止乖张，言语错乱，心上十分惊疑。思想家主病在异乡，若果然不保，身边只有一个儿子，又且少不更事，教他如何料理得来？正要赶去相帮，不想到了次日，连那少不更事的也回来了。百顺见他慌慌张张，如有所失，心上一发惊疑，问他原故，并不答应，直到寻不见银子，与遗生争闹起来，才晓得是掘藏的原故。百顺急了，也不通知二人，收拾行囊竟走。不数日到地头，喜

得龙溪还不曾死，正在恹恹待毙之时，忽见亲人走到，悲中生喜，喜处生悲，少不得主仆二人各有一番疼热的话。

次日龙溪把行家铺户一齐请到面前，将忤逆子孙贪财背本，先后逃归，与义男闻信，千里奔丧的话告诉一遍。又对众人道："我舍下的家私与这边的账目，约来共有若干，都亏这个得力义子帮我挣来的，如今被那禽兽之子、狼虎之孙得了三分之二，只当被强盗劫去一般，料想追不转了。这一分虽在账上，料诸公决不相亏。我如今写张遗嘱下来，烦诸公做个见证，分与这个孝顺的义子。我死之后，教他在这里自做人家，不可使他回去。我的骸骨也不必装载还乡，就葬在这边，待他不时祭扫，省得靠了不孝子孙，反要做无祀之鬼。倘若那两个逆种寻到这边来与他说话，烦诸公执了我的遗嘱，送他到官，追究今日背祖弃父、死不奔丧之罪。说便是这等说，只怕我到阴间，也就有个报应，不到寻来的地步。"说完，众人齐声赞道："正该如此。"

百顺跪下磕头，力辞不可，说："百顺是老爷的奴仆，就粉身为主，也是该当，这些小勤劳，何足挂齿。若还老爷这等溺爱起来，是开幼主惩仆之端，贻百顺叛主之罪，不是爱百顺，反是害百顺了，如何使得？"龙溪不听，勉强挣扎起来，只是要写。众人同声相和道："幼主摆布你，我们自有公道。"一面说，一面取纸的取纸，磨墨的磨墨，摆在龙溪面前。龙溪虽是垂死之人，当不得感激百顺的心坚，愤恨子孙的念切，提起笔来，精神勃勃，竟像无病的一般，写了一大幅。前面半篇说子孙不孝，竟是讨逆锄凶的檄文，后面半篇赞百顺尽忠，竟是义士忠臣的论断。写完，又求众人用了花押，方才递与百顺。百顺怕病中之人，违拗不得，只得权且受了，磕头谢恩。

却也古怪，龙溪与百顺想是前生父子，夙世君臣，在生不能相离，临死也该见面。百顺未到之先，淹淹缠缠，再不见死，等他走到，说过一番永诀的话，遗嘱才写得完，等不得睡倒，就绝命了。百顺号天痛哭，几不欲生，将办下的衣衾棺椁殡殓过了，自己戴孝披麻，寝苫枕块，与亲子一般，开丧受吊。七七已完，就往各家讨账，准备要装丧回去。众人都不肯道："你家主临终之命不可不遵，若还在此做人家，我们的账目一一还清，待你好做生意；若要装丧回去，把银子送与禽兽狼虎，不但我们不服，连你亡主也不甘心。况且那样凶人，岂可与他相处？待生身的父祖尚且如此，何况手下之人？你若回去跟他，将来不是饿死，就是打死，断不可错了主意。"百顺见众人的话来得激切，若还不依，银子决难到手，只得当面应承道："蒙诸公好意为我，我怎敢不知自爱？但求把账目赐还，待我置些田地，买所住宅，娶房家小在此过活，求诸公青目就是。"众人见他依允，就把一应欠账如数还清。

百顺讨足之后，就备了几席酒，把众人一齐请来，拜了四拜，谢他一向抬举照顾之情，然后开言道："小人奉家主遗言，蒙诸公盛意，教我不要还乡，在此成家立业，这是恩主爱惜之心，诸公怜悯之意，小人极该仰承；只是仔细筹度起来，毕竟有些碍理。从古以来，只有子承父业，那有仆受主财？我如今若不装丧回去，把客本交还幼主，不但明中犯了叛主之条，就是暗中也犯了昧心之忌，有几个受了不义之财，能够安然享受的？我如今拜别诸公，要扶灵柩回去了。"众人知道劝不住，只得替他踌躇道："你既然立心要做义仆，我们也不好勉强留你，只是你那两个幼主，未必像阿父，能以恩义待人。据我们前日看来，却是两个凶相，你虽然忠心赤胆的为他，他未必推心置腹的信你。他父亲生前货物是你放，死后账目是你收，万一你回去之后，他倒疑你有私，要恩将仇报起来，如何了得？你的本心只有我们知道，你那边有起事来，我们远水救不得近火。你如今回去，银子便交付与他，那张遗嘱，切记要藏好，不可被他看见，抢夺了去。他若难为你起来，你还有个凭据，好到官去抵敌他。"百顺听到此处，不觉改颜变色，合起掌来念一声"阿弥陀佛"道："诸公讲的甚么话，自古道：'君欲臣死，臣不得不死；父欲子亡，子不得不亡。'岂有做奴仆之人与家主相抗之理？说到此处，也觉得罪过。那遗嘱上的言语，是家主愤怒头上偶然发泄出来的，若还此时不死，连他自己也要懊悔起来，何况子孙看了，不说他反常背理，倒置尊卑？我此番若带回去，使幼主知道，教他何以为情？若使为子者怨父，为孙者恨祖，是我伤残他的骨肉，搅乱他的伦理，主人生前以恩结我，我反以仇报他了，如何使得？我不如当诸公面前毁了这张遗嘱，省得贻悔于将来。"说完，取出遗嘱捏在手中，对灵柩拜了四拜，点起火来烧化了。四座之中，人人叹服，个个称奇，道他是僮仆中的圣人，可惜不曾做官做吏，若受朝廷一命之荣，自然是个托孤寄命之臣了。

百顺别了众人，雇下船只，将旅榇装载还乡，一路烧钱化纸，招魂引魄，自不必说。一日到了同安，将灵柩停在城外，自己回去，请幼主出来迎丧。不想走进大门，家中烟消火灭，冷气侵人，只见两个幼主母，不见了两位幼主人。问到那里去了，单玉、遗生的妻子放声大哭，并不回言。直待哭完了，方才述其原故。原来遗生得了银子，不肯分与单玉，二人终日相打，遗生把单玉致命处伤了一下，登时呕血而死。地方报官，知县把遗生定了死罪，原该秋后处决，只因牢狱之中时疫大作，遗生入监不上一月，暴病而死。当初掘起的财物都被官司用尽，两口尸骸虽经收殓，未曾殡葬。百顺听了，捶胸跌足，恸痛一场，只得寻了吉地，将单玉、遗生祔葬龙溪左右。

一夜百顺梦见龙溪对他大怒道："你是明理之人，为何做出背理之事？那两个逆种是我的仇人，为何把他葬在面前，终日使我动气？若不移他开去，我宁可往别处避他！"百顺醒来，知道他父子之仇，到了阴间还不曾消释，只得另寻一地，将单玉、遗生迁葬一处。

一夜又梦见遗生对他哀求道："叔叔生前是我打死，如今葬在一处，时刻与我为仇，求你另寻一处，把我移去避他。"百顺醒来，懊悔自己不是，父子之仇尚然不解，何况叔侄？既然得了前梦，就不该使他合茔，只得又寻一地，把遗生移去葬了，三处的阴魂才得安妥。

单玉、遗生的妻子年纪幼小，夫死之后，各人都要改嫁，百顺因他无子，也不好劝他守节，只得各寻一分人家，送他去了。龙溪没有亲房，百顺不忍家主绝嗣，就刻个"先考龙溪公"的神主，供奉在家，祭祀之时，自称不孝继男百顺，逢时扫墓，遇忌修斋，追远之诚，比亲生之子更加一倍。后来家业兴隆，子孙繁衍，衣冠累世不绝，这是他盛德之报。

我道单百顺所行之事，当与嘉靖年间之徐阿寄一样流芳。单龙溪所生之子，当与春秋齐桓公之五子一般遗臭。阿寄辅佐主母，抚养孤儿，辛苦一生，替他挣成家业，临死之际，搜他私蓄，没有分文，其事载于《警世通言》。齐桓公卒于宫中，五公子争嗣父位，各相攻伐，桓公的尸骸停在床上六十七日，不能殡殓，尸虫出于户外，其事载于《通鉴》。这四桩事，却好是天生的对偶。可见奴仆好的，也当得子孙；子孙不好的，尚不如奴仆。凡为子孙者，看了这回小说，都要激发孝心，道为奴仆的尚且如此，岂可人而不如奴仆乎？有家业传与子孙，子孙未必尽孝；没家业传与子孙，子孙未必不孝。凡为父祖者，看了这回小说，都要冷淡财心，道他们因有家业，所以如此，为人何必苦挣家业？这等看来，小说就不是无用之书了。若有贪财好利的子孙，问舍求田的父祖，不原作者之心，怪我造此不情之言，离间人家骨肉者，请述《孟子》二句回复他道："知我者其惟《春秋》乎？罪我者其惟《春秋》乎？"

【评】

看了百顺之事，竟不敢骂人奴才，恐有如百顺者在其中也；看了单玉、遗生之事，竟不愿多生子孙，恐有如单玉、遗生者在其中也。然而作小说者，非有意重奴仆，轻子孙，盖亦犹《春秋》之法，夷狄进于中国，则中国之；中国入于夷狄，则夷狄之。知《春秋》褒夷狄之心，则知稗官重奴仆之意矣。

第十二回　妻妾抱琵琶梅香守节

词云：

　　妻妾眼前花，死后冤家。寻常说起抱琵琶，怒气直冲霄汉上，切齿磋牙。

　　及至戴丧髦。别长情芽，个中心绪乱如麻。学抱琵琶犹恨晚，尚不如他。

这一首《浪淘沙》词，乃说世间的寡妇，改醮者多，终节者少。凡为丈夫者，教训妇人的话虽要认真，属望女子之心不须太切。在生之时，自然要着意防闲，不可使他动一毫邪念。万一自己不幸，死在妻妾之前，至临终永诀之时，倒不妨劝他改嫁。他若是个贞节的，不但劝他不听，这番激烈的话，反足以坚其守节之心；若是本心要嫁的，莫说礼法禁他不住，情意结他不来，就把死去吓他，道"你若嫁人，我就扯你到阴间说话"，他知道阎罗王不是你做，"且等我嫁了人，看你扯得去、扯不去？"当初魏武帝临终之际，吩咐那些嫔妃，教他分香卖履，消遣时日，省得闲居独宿，要起欲心，也可谓会写遗嘱的了。谁想晏驾之后，依旧都做了别人的姬妾。想他当初吩咐之时，那些妇人到背后去，那一个不骂他几声"阿呆"，说我们六宫之中，若个个替你守节，只怕京师地面狭窄，起不下这许多节妇牌坊。若使遗诏上肯附一笔道："六宫嫔御，放归民间，任从嫁适。"那些女子岂不分香刻像去尸祝他？卖履为资去祭奠他？千载以后，还落个英雄旷达之名，省得把"分香卖履"四个字露出一生丑态，填人笑骂的舌根。所以做丈夫的人，凡到易篑之时，都要把魏武帝做个殷鉴。姬妾多的，须趁自家眼里或是赠与贫士，或是嫁与良民，省得他到披麻戴孝时节，把哭声做了怨声；就是没有姬妾，或者妻子少艾的，也该把几句旷达之言去激他一激。激得着的等他自守，当面决不怪我冲撞；激不着的等他自嫁，背后也不骂我"阿呆"。这是死丈夫待活妻妾的秘诀，列位都要紧记在心。我如今说两个激不着的，一个激得着的，做个榜样。只是激不着的本该应激得着，激得着的尽可以激不着，于理相反，于情相悖，所以叫做奇闻。

　　明朝靖历之间，江西建昌府有个秀士，姓马字麟如，生来资颖超凡，才思出众，又有一副绝美的姿容。那些善风鉴的，都道男子面颜不宜如此娇媚，将来未必能享大年。他自己也晓得命理，常说我二十九岁运限难过，若跳得这个关去，就不妨了。所以功名之念甚轻，子嗣之心极重。正妻罗氏，做亲几年不见生育，就娶个莫氏为妾。莫氏小罗氏几岁，两个的姿容都一般美丽。家中又有个丫鬟，叫做碧莲，也有几分颜色，麟如收做通房。寻常之夜，在妻妾房中宿歇得多，但到行经之后，三处一般下种。过了七八年，罗氏也不生，碧莲也不育，只有莫氏生下一子。

生子之年，麟如恰好二十九岁。果然运限不差，生起一场大病，似伤寒非伤寒，似阴症非阴症，麟如自己也是精于医道的，竟辨不出是何症候。自己医治也不好，请人医治也不效，一日重似一日，看看要绝命了。就把妻妾通房，都叫来立在面前，指着儿子问道："我做一世人，止留得这些骨血，你们三个之中那一个肯替我抚养？我看你们都不像做寡妇的材料，肯守不肯守，大家不妨直说。若不情愿做未亡人，好待我寻个朋友，把孤儿托付与他，省得做拖油瓶带到别人家去，被人磨灭死了，断我一门宗祀。"

罗氏先开口道："相公说的甚么话？烈女不更二夫，就是没有儿子，尚且要立嗣守节，何况有了嫡亲骨血，还起别样的心肠？我与相公是结发夫妻，比他们婢妾不同，他们若肯同伴相守，是相公的大幸；若还不愿，也不要担搁了他，要去只管去。有我在此抚养，不愁儿子不大，何须寻甚么朋友，托甚么孤儿，惹别人谈笑。"麟如点点头道："说得好，这才像个结发夫妻。"

莫氏听了这些话，心上好生不平，丈夫不曾喝采得完，他就高声截住道："结发便怎的，不结发便怎的？大娘也忒把人看轻了，你不生不育的，尚且肯守，难道我生育过的，反丢了自家骨血，去跟别人不成？从古来只有守寡的妻妾，那有守寡的梅香？我们三个之中只有碧莲去得。相公若有差池，寻一分人家，打发他去，我们两个生是马家人，死是马家鬼，没有第二句说话。相公只管放心。"麟如又点点头道："一发说得好，不枉我数年宠爱。"

罗氏、莫氏说话之时，碧莲立在旁边，只管啧啧称羡。及至说完，也该轮着他应付几句，他竟低头屏气，寂然无声。麟如道："碧莲为甚么不讲，想是果然要嫁么？"碧莲闭着口再不则声。罗氏道："你是没有关系的，要去就说去，难道好强你守节不成？"碧莲不得已，才回复道："我的话不消自己答应，方才大娘、二娘都替我说过了，做婢妾的人比结发夫妻不同，只有守寡的妻妾，没有守寡的梅香，若是孤儿没人照管，要我抚养他成人，替相公延一条血脉，我自然不该去；如今大娘也要守他，二娘也要守他，他的母亲多不过，那希罕我这个养娘？若是相公百年以后没人替你守节，或者要我做个看家狗，逢时遇节烧一分纸钱与你，我也不该去；如今大娘也要守寡，二娘也要守寡，马家有甚么大风水，一时就出得三个节妇？如今但凭二位主母，要留我在家服侍，我也不想出门；若还愁吃饭的多，要打发我去，我也不敢赖在家中。总来做丫鬟的人，没有甚么关系，失节也无损于己，守节也无益于人，只好听其自然罢了。"

麟如听见这些话，虽然说他老实，却也怪他无情。心上酌量道："这三个之中，第一个不把稳的是碧莲，第一个把稳的是罗氏，莫氏还在稳不稳之间。碧莲是个使婢，况且年纪幼小，我活在这边，他就老了面皮，说出这等无耻的话；我死之后，还记得甚么恩情？罗氏的年纪长似他们两个，况且又是正妻，岂有不守之理？莫氏既生了儿子，要嫁也未必就嫁，毕竟要等儿子离了乳哺，交与大娘方才去得。做小的在家守寡，那做大的要嫁也不好嫁得，等得儿子长大，妾要嫁人时节，他的年纪也大了，颜色也衰了，就没有必守之心，也成了必守之势，将来代莫氏抚孤者，不消说是此人。就是勉莫氏守节者，也未必不是此人。"吩咐过了，只等断气。

谁想淹淹缠缠，只不见死，空了几时不吃药，那病反痊可起来，再将养几时，公然好了。从此以后与罗氏、莫氏恩爱更甚于初；碧莲只因几句本色话，说冷了家主的心，终日在面前走来走去，眼睛也没得相他。莫说闲空时节不来耕治荒田，连那农忙之际，也不见来播种了。

却说麟如当初自垂髫之年，就入了学，人都以神童目之，道是两榜中人物。怎奈他自恃聪明，不肯专心举业，不但诗词歌赋件件俱能，就是琴棋书画的技艺，星相医卜的术数，没有一般不会。别的还博而不精，只有岐黄一道，极肯专心致志。古语云：秀才行医，如菜作齑。麟如是个绝顶聪明的人，又兼各样方书，无所不阅，自然触类旁通，见一知十。凡是邻里乡党之中有疑难的病症，医生医不好的，请他诊一诊脉，定一个方，不消一两帖药，就医好了。只因他精于医理，弄得自己应接不暇，那些求方问病的，不是朋友，就是亲戚，医好了病，又没有谢仪，终日赔工夫看病，赔纸笔写方，把自家的举业反荒疏了。

一日宗师岁试，不考难经脉诀，出的题目依旧是四书本经。麟如写惯了药方，笔下带些黄连、苦参之气，宗师看了，不觉瞑眩起来，竟把他放在末等。麟如前程考坏，不好见人，心上思量道："我一向在家被人缠扰不过，不如乘此失意之时，离了家乡，竟往别处行道，古人云：'得志则为良相，不得志则为良医。'有我这双国手，何愁不以青囊致富？"算计定了，吩咐罗氏、莫氏说："我要往远处行医，你们在家苦守，我立定脚跟，就来接你们同去。"罗氏、莫氏道："这也是个算计。"就与他收拾行李。麟如只得一个老仆，留在家中给薪水，自己约一个朋友同行。那朋友姓万，字子渊，与麟如自小结契，年事相仿，面貌也大同小异，一向从麟如学医道的。二人离了建昌，搭江船顺流而下，到了扬州，说此处是冠盖往来之地，客商聚集之所，借一传百，易于出名，就在琼花观前租间店面，挂了"儒医马麟如"的招牌。不多几时，就有知府请他看病，知府患的内伤，满城的人都认做外感，换一个医生，发表一次，把知府的元气消磨殆尽，竟有旦夕之危。麟如走到，只用一帖清理的药，以后就补元气，不上数帖，知府病势退完，依旧升堂理事，道他有活命之功，十分优待，逢人便说扬州城里只得一个医生，其余都是刽子手。麟如之名，由此大著。

　　未及三月，知府升了陕西副使，定要强麟如同去。麟如受他知遇之恩，不好推却，只是扬州生意正好，舍不得丢，就与子渊商议道："我便随他去，你还在此守着窠巢，做个退步。我两个面貌相同，到此不久，地方之人，还不十分相识，但有来讨药的，你竟冒我名字应付他，料想他们认不出。我此去离家渐远，音信难通，你不时替我寄信回去，安慰家人。"吩咐完了，就写一封家书，将扬州所得之物，尽皆留下，教子渊觅便寄回，自己竟随主人去了。

　　子渊与麟如别后，遇着一个葛布客人，是自家乡里，就将麟如所留银、信交付与他，自己也写一封家书，托他一同寄去。终日坐在店中，兜揽生意，那些求医问病的，只闻其名，不察其人，来的都叫马先生、马相公。况且他用的药与麟如原差不多，地方上人见医得病好，一发不疑。只是邻舍人家还晓得有些假借。子渊再住几时，人头渐熟，就换个地方，搬到小东门外，连邻居都认不出了。只有几个知事的在背后猜疑道："闻得马麟如是前任太爷带去了，为甚么还在这边？"那邻居听见，就述这句话来转问子渊。子渊恐怕露出马脚，想句巧话对他道："这句话也不为无因，他原要强我同去，我因离不得这边，转荐一个舍亲叫做万子渊，随他去了，所以人都误传是我。"邻舍听了这句话，也就信以为实。

　　过上半年，子渊因看病染了时气，自己大病起来。自古道："卢医不自医。"千方百剂，再救不好，不上几时，做了异乡之鬼。身边没有亲人，以前积聚的东西，尽为雇工人与地方所得，同到江都县递一张报呈，知县批着地方收殓。

地方就买一口棺木，将尸首盛了，抬去丢在新城脚下，上面刻一行字道：

　　江西医士马麟如之枢。

待他亲人好来识认。

　　却说子渊在日，只托夏布客人寄得那封家信，只说信中之物尽够安家，再过一年半载寄信未迟。谁想夏布客人因贪小利，竟将所寄之银买做货物，往浙江发卖，指望翻个筋斗，趁些利钱，依旧将原本替他寄回。不想到浙江卖了货物，回至邹镇地方，遇着大伙强盗，身边银两尽为所劫。正愁这主信、银不能着落，谁想回到扬州，见说马医生已死，就知道是万子渊了。原主已没，无所稽查，这宗银子落得送与强盗，连空信都弃之水中，竟往别处营生去了。

　　却说罗氏、莫氏见丈夫去后，音信杳然，闻得人说在扬州行道，就着老仆往扬州访问，老仆行至扬州，问到原旧寓处，方才得知死信。老仆道："我家相公原与万官人同来，相公既死，他就该赶回报信，为甚么不见回来，如今到那里去了？"邻舍道："那姓万的是他荐与前任太爷，带往陕西去了。姓万的去在前，他死在后，相隔数千里，那里晓得他死，赶回来替你报信？"老仆听到此处，自然信以为真。寻到新城脚下，抚了棺木，痛哭一场。身边并无盘费，不能装载还家，只得赶回报讣。

　　罗氏、莫氏与碧莲三人闻失所天，哀恸几死，换了孝服，设了灵位，一连哭了三日，闻者无不伤心。到四五日上，罗氏、莫氏痛哭如前，只有碧莲一人虽有悲凄之色，不作酸楚之声，劝罗氏、莫氏道："死者不可复生，徒哭无益，大娘、二娘还该保重身子，替相公料理后事，不要哭坏了人。"罗氏、莫氏道："你是有路去的，可以不哭，我们一生一世的事止于此了，即欲不哭，其可得乎？"碧莲一片好心，反讨一场没趣。只见罗氏、莫氏哭到数日之后，不消劝得，也就住了。

　　起先碧莲所说料理后事的话，第一要催他设处盘费，好替家主装丧；第二要劝他想条生计，好替丈夫守节。只因一句"有去路"的话截住谋臣之口，以后再不敢开言。还只道他止哀定哭之后，自然商议及此，谁想过了一月有余，绝不提起"装丧"二字。碧莲忍耐不过，只得问道："相公的骸骨抛在异乡，不知大娘、二娘几时差人去装载？"罗氏道："这句好听的话我家主婆怕不会说，要你做通房的开口？千里装丧，须得数十金盘费，如今空拳白手，那里借办得来？只好等有顺便人去，托他焚化了稍带回来，埋在空处做个记念罢了。孤儿寡妇之家，那里做得争气之事？"莫氏道："依我的主意，也不要去装，也不要去化，且留他停在那边，待孩子大了再做主意。”

碧莲平日看见他两个都有私房银子藏在身边，指望各人拿出些来，凑作舟车之费，谁想都不肯破悭，说出这等忍心害理的话，碧莲心上好生不平。欲待把大义至情责备他几句，又怕激了二人之怒，要串通一路逼他出门，以后的过失就没人规谏。只得用个以身先人之法去感动他，就对二人道：“碧莲昨日与老苍头商议过了，扶榇之事，若要独雇船只，所费便多；倘若搭了便船，顺带回来，也不过费得十金之数。碧莲闲空时节替人做些针指，今日半分，明日三厘，如今凑集起来，只怕也有一半，不知大娘、二娘身边可凑得那一半出？万一凑不出来，我还有几件青衣，总则守孝的人，三年穿着不得，不如拿去卖了，凑做这桩大事，也不枉相公收我一场。说便是这等说，也还不敢自专，但凭大娘、二娘的主意，”罗氏、莫氏被他这几句话说得满面通红，那些私房银子，原要藏在身边，带到别人家去帮贴后夫的，如今见他说得词严义正，不敢回个没有，只得齐声应道：“有是有几两，只因不够，所以不敢行事。如今既有你一半做主，其余五两自然是我们凑出来了，还有甚么说得？”

碧莲就在身边摸出一包银子，对二人当面解开，称来还不上五两，若论块数，竟有上千。罗氏、莫氏见他欣然取出，知道不是虚言，只得也去关了房门，开开箱笼，就如做贼一般，解开荷包，拈出几块，依旧藏了。每人称出二两几钱，与碧莲的凑成十两之数，一齐交与老仆。老仆竟往扬州，不上一月，丧已装回，寻一块无碍之地，将来葬了。

却说罗氏起先的主意，原要先嫁碧莲，次嫁莫氏，将他两人的身价，都凑作自己的妆奁，或是坐产招夫，或是挟资往嫁的。谁想碧莲首倡大义，今日所行之事，与当初永诀之言不但迥然不同，亦且判然相反，心上竟有些怕他起来。遣嫁的话，几次来在口头，只是不敢说出。看见莫氏的光景，还是欺负得的，要先打发他出门，好等碧莲看样。又多了身边一个儿子，若教他带去，怕人说有嫡母在家，为何教儿子去随继父？若把他留在家中，又怕自己被他缠住，后来出不得门，立在两难之地，这是罗氏的隐情了。

莫氏胸中又有一番苦处，一来见小似他的当嫁不肯嫁，大似他的要嫁不好嫁，把自己夹在中间，动弹不得；二来懊恨生出来的孽障，大又不大，小又不小。若还有几岁年纪，当得家僮使唤，娶的人家还肯承受；如今不但无用，反要磨人，那个肯惹别人身上的虱，到自己身上去搔？索性是三朝半月的，或者带到财主人家，拼出得几两银子，雇个乳娘抚养，待大了送他归宗；如今日夜钉在身边,啼啼哭哭,那个娶亲的人不图安逸,肯容个芒刺在枕席之间?这都是莫氏心头说不出的苦楚,与罗氏一样病源,两般症候,每到欲火难禁之处,就以哭夫为名,悲悲切切,自诉其苦。

　　只有碧莲一人,眼无泪迹,眉少愁痕,倒比家主未死之先,更觉得安闲少累。罗氏、莫氏见他安心守寡,不想出门,起先畏惧他,后来怨恨他,再过几时,两个不约而同都来磨灭他。茶冷了些,就说烧不滚;饭硬了些,就说煮不熟,无中生有,是里寻非,要和他吵闹。碧莲只是逆来顺受,再不与他认真。

　　且说莫氏既有怨恨儿子之心,少不得要见于词色,每到他啼哭之时,不是咒,就是打,寒不与衣,饥不与食,忽将掌上之珠,变作眼中之刺。罗氏心上也恨这个小冤家掣他的肘,起先还怕莫氏护短,怒之于中不能形之于外,如今见他生母如此,正合着古语二句:自家骨肉尚如此,何况区区陌路人。那孩子见母亲打骂,自然啼啼哭哭,去投奔大娘,谁想躲了雷霆,撞着霹雳,不见菩萨低眉,反惹金刚怒目,甫离襁褓的赤子,怎经得两处折磨,不见长养,反加消缩。碧莲口中不说,心上思量道:"二人将不利于孺子,为程婴、杵臼者,非我而谁?"每见孩子啼哭,就把他搂在怀中,百般哄诱,又买些果子,放在床头,晚间骗他同睡。那孩子只要疼热,那管亲晚,睡过一两夜,就要送还莫氏,他也不肯去了。莫氏巴不得遣开冤孽,才好脱身,那里还来索其故物。

　　罗氏对莫氏道:"你的年纪尚小,料想守不到头,起先孩子离娘不得,我不好劝你出门;如今既有碧莲抚养,你不如早些出门,省得辜负青年。"莫氏道:"若论正理,本该在家守节,只是家中田地稀少,没有出息,养不活许多闲人,既蒙大娘吩咐,我也只得去了。只是我的孽障,怎好遗累别人?他虽然跟住碧莲,只怕碧莲未必情愿,万一走到人家,过上几日,又把孩子送来,未免惹人憎恶,求大娘与他说个明白。他若肯认真抚养,我就把孩子交付与他,只当是他亲生亲养,长大之时就不来认我做娘,我也不怪;若还只顾眼前,不管后日,欢喜之时领在身边,厌烦之时送来还我,这就成不得了。"碧莲立在旁边,听了这些说话,就不等罗氏开口,欣然应道:"二娘不须多虑,碧莲虽是个丫鬟,也略有些见识,为甚么马家的骨血,肯拿去送与别人?莫说我不送来还你,就是你来取讨,我也决不交付。你要去只管去,碧莲在生一日,抚养一日,就是碧莲死了,还有大娘在这边,为甚么定要累你?"

　　罗氏听他起先的话,甚是欢喜,道他如今既肯担当,明日嫁他之时,若把儿子与他带去,料也决不推辞,及至见他临了一句,牵扯到自己身上,未免有些害怕起来。又思量道："只有你这个呆人，肯替别人挑担，我是个伶俐的人，怎肯做从井救人之事？不如趁他高兴之时，把几句硬话激他，再把几句软话求他，索性把我的事也与他说个明白。他若乘兴许了，就是后面翻悔，我也有话问他，省得一番事业作两番做。"就对他道："碧莲，这桩事你也要斟酌，孩子不是容易领的，好汉不是容易做的，后面的日子长似前边，倘若孩子磨起人来，日不肯睡，夜不肯眠，身上溺尿，被中撒屎，弄教你哭不得，笑不得，那时节不要懊悔。你是出惯心力的人，或者受得这个累起，我一向是爱清闲、贪自在的，宁可一世没有儿子，再不敢讨这苦吃。你如今情愿不情愿，后面懊悔不懊悔，都趁此时说个明白，省得你惹下事来，到后面贻害于我。"碧莲笑一笑道："大娘，莫非因我拖了那个尾声，故此生出这些远虑么？方才那句话，是见二娘疑虑不过，说来安慰他的，如何认做真话？况且我原说碧莲死了，方才遗累大娘。碧莲肯替家主抚孤，也是个女中义士，天地有知，死者有灵，料想碧莲决不会死。碧莲不死，大娘只管受清闲、享自在，决不教你吃苦。我也晓得孩子难领，好汉难做，后来日子细长，只因看不过孩子受苦，忍不得家主绝嗣，所以情愿做个呆人，自己讨这苦吃。如今一言既出，驷马难追，保得没有后言，大娘不消多虑。"罗氏道："这等说来，果然是个女中义士了。莫说别人，连我也学你不得。既然如此，我还有一句话，也要替你说过，二娘去后，少不得也要寻分人家打发你，到那时节，你须要把孩子带去，不可说在家一日，抚养一日，跨出门槛，就不干你的事，又依旧累起我来。"碧莲道："大娘在家，也要个丫鬟服侍，为甚么都要打发出去？难道一分人家，是大娘一个做得来的？"罗氏见他问到此处，不好糊涂答应，就厚着脸皮道："老实对你讲，莫说他去之后你住不牢，就是你去之后，连我也立不定了。"碧莲听了这句话，不觉目瞪口呆，定了半晌，方才问道："这等说来，大娘也是要去的了？请问这句说话真不真，这个意思决不决？也求大娘说个明白，等碧莲好做主意。"罗氏高声应道："有甚不真？有甚不决？你道马家有多少田产，有几个亲人，难道靠着这个尺把长的孩子，教我呷西风、吸露水替他守节不成？"碧莲点点头道："说得是，果然没有靠傍，没有出息，从来的节妇都出在富贵人家，绩麻拈草的人如何守得寡住？这等大娘也请去，二娘也请去，待碧莲住在这边，替马氏一门做个看家狗罢。"

罗氏与莫氏一齐问道："我们若有了人家，这房户里的东西，少不得都要带去，你一个住在家中，把甚么东西养生？教何人与你做伴？"碧莲道："不妨，我与大娘、二娘不同，平日不曾受用得惯，每日只消半升米、二斤柴就过得去了。那六七十岁的老苍头，没有甚么用处，料理大娘、二娘不要，也叫他住在家中，尽可以看门守户。若是年纪少壮的，还怕男女同居，有人议论，他是半截下土的人，料想不生物议。等得他天年将尽，孩子又好做伴了，这都是一切小事，不消得二位主母费心，各请自便就是。"罗氏、莫氏道："你这句话若果然出于真心，就是我们的恩人了，请上受我们一拜。"碧莲道："主母婢妾，分若君臣，岂有此理？"罗氏、莫氏道："你肯受拜，才见得是真心，好待我们去寻头路；不然，还是讥讽我们的话，依旧作不得准。"碧莲道："这等恕婢子无状了。"就把孩子抱在怀中，朝外而立，罗氏、莫氏深深拜了四拜。碧莲的身子，就像泥塑木雕的一般，挺然直受，连"万福"也不叫一声。罗氏、莫氏得了这个替死之人，就如罪囚释了枷锁，肩夫丢了重担，那里松得过？连夜叫媒婆寻了人家，席卷房中之物，重做新人去了。

碧莲揽些女工针指，不住的做，除三口吃用之外，每日还有羡余，时常买些纸钱，到坟前烧化，便宜了个冒名替死的万子渊，鹘鹘突突在阴间受享，这些都是后话。

却说马麟如自从随了主人，往陕西赴任，途中朝夕盘桓，比初时更加亲密。主人见他气度舂容，出言彬雅，全不像个术士，闲中问他道："看兄光景，大有儒者气象，当初一定习过举业的，为甚么就逃之方外，隐于壶中？"麟如对着知己，不好隐瞒，就把自家的来历说了一遍。主人道："这等说来，兄的天分一定是高的了。如今尚在青年，怎么就隳了功名之志？待学生到任之后，备些灯火之资，寻块养静之地，兄还去读起书来。遇着考期，出来应试，有学生在那边，不怕地方攻冒籍。倘若秋闱高捷，春榜联登，也不枉与学生相处一番。以医国之手，调元燮化，所活之人必多，强如以刀圭济世，吾兄不可不勉。"麟如受了这番奖励，不觉死灰复燃，就立起身来，长揖而谢。

主人莅任之后，果然依了前言，差人往萧寺之中讨一间静室，把麟如送去攻书，适馆授餐，不减缁衣之好，未及半载，就扶持入学。科闱将近，又荐他一名遗才。麟如恐负知己，到场中绎想抽思，恨不得把心肝一齐呕出。三场得意，挂出榜来，巍然中了，少不得公车之费，依旧出在主人身上。麟如经过扬州，教人去访万子渊，请到舟中相会。地方回道："是前任太爷请去了。"麟如才记当初冒名的话，只得吩咐家人，倒把自家的名字去访问别人。那地方邻舍道："人已死过多时，骨殖都装回去了，还到这边来问？"麟如虽

然大惊，还只道是他自己的亲人来收拾回去，那里晓得其中就里？

及至回到故乡，着家人先去通报，教家中唤吹手轿夫，来迎接回去。那家人是中后新收的，老仆与碧莲都不认得，听了这些话，把他啐了几声道："人家都不认得，往内室里乱走，岂不闻'疾风暴雨，不入寡妇之门'？我家并没有人读书，别家中举干得我家屁事？还不快走！"家人赶至舟中，把前话直言告禀，麟如大诧。只说妻子无银使用，将房屋卖与别家，新人不识旧主，故此这般回复，只得自己步行而去，问其就里。谁想跨进大门，把老仆吓了一跳，掉转身子往内飞跑，对着碧莲大喊道："不好了，相公的阴魂出现了！"碧莲正要问他原故，不想麟如已立在面前，碧莲吓得魂不附体，缩了几步，立住问道："相公，你有甚么事放心不下，今日回来见我？莫非记挂儿子么？我好好替你抚养在此，不曾把与他们带去。"麟如定着眼睛把碧莲相一会，又把老仆相一会，方才问道："你们莫非听了讹言，说我死在外面了么？我好好一个人，如今中了回来，你们不见欢喜，反是这等大惊小怪，说鬼道神，这是甚么原故？"只见老仆躲在屏风背后，伸出半截头来答应道："相公，你在扬州行医害病身死，地方报官买棺材收殓了，丢在新城脚下，是我装你回来殡葬的，怎么还说不曾死？如今大娘、二娘虽嫁，还有莲姐在家，替你抚孤守节，你也放得下了，为甚么青天白日走回来吓人？我们吓吓也罢了，小官是你亲生的，他如今睡在里边，千万不要等他看见。吓杀了他，不干我们的事。"说完连半截头也缩进去了。

麟如听到此处，方才大悟道："是了是了，原来是万子渊的原故。"就对碧莲道："你们不要怕，走近身来听我讲。"碧莲也不向前，也不退后，立在原处应道："相公有甚么未了之言，讲来就是。阴阳之隔，不好近身。碧莲还要留个吉祥身子，替你抚孤，不要怪我疑忌。"麟如立在中堂，就说自己随某官赴任，教子渊冒名行医，子渊不幸身死，想是地方不知真伪，把他误认了我，以讹传讹，致使你们装载回来，这也是理之所有的事。后来主人劝我弃了医业，依旧读书赴考，如今中了乡科，进京会试，顺便回来，安家祭祖，备细说了一遍。又道："如今说明白了，你们再不要疑心，快走过来相见。"碧莲此时满肚子惊疑都变为狂喜，慌忙走下阶来，叩头称贺。老仆九分信了，还有一分疑虑，走到街檐底下，离麟如一丈多路，磕了几个头，起来立在旁边，察其动静。

麟如左顾右盼，不见罗氏、莫氏，就问碧莲道："他方才说大娘、二娘嫁了，这句话是真的么？"碧莲低着头，不敢答应。麟如又问老仆，老仆道："若还不真，老奴怎么敢讲？"麟如道："他为甚么不察虚实，就嫁起人来？"老仆道："只因信以为实，所以要想嫁人；若晓得是虚，他自然不嫁了。"麟如道："他两个之中，还是那一个要嫁起？"老仆道："论出门的日子，虽是二娘先去几日；若论要嫁的心肠，只怕也难分先后。一闻凶信之时，各人都有此意了。"麟如道："他肚里的事，你怎么晓得？"老仆道："我回来报信的时节，见他不肯出银子装丧，就晓得各怀去意了。"麟如道："他既舍不得银子，这棺材是怎么样回来的？"老仆道："说起来话长，请相公坐了，容老奴细禀。"

　　碧莲扯一把交椅，等麟如坐了，自己到里面去看孩子。老仆就把碧莲倡仪扶柩，罗氏不肯，要托人烧化；莫氏又教丢在那边，待孩子大了再处；亏得碧莲捐出五两银子，才引得那一半出来；自己带了这些盘缠，往扬州扶棺归葬的话说了一段，留住下半段不讲，待他问了才说。麟如道："我不信碧莲这个丫头就有恁般好处。"老仆道："他的好处还多，只是老奴力衰气喘，一时说他不尽。相公也不消问得，只看他此时还在家中，就晓得好不好了。"麟如道："也说得是。但不知他为甚原故，肯把别人的儿子留下来抚养？我又不曾有甚么好处到他，他为何肯替我守节？你把那两个淫妇要出门的光景，与这个节妇不肯出门的光景，备细说来我听。"老仆又把罗氏、莫氏一心要嫁，只因孩子缠住了身，不好去得，把孩子朝打一顿，暮咒一顿，磨得骨瘦如柴；碧莲看不过，把他领在身边，抱养熟了；后来罗氏要嫁莫氏，莫氏又怕送儿子还他，教罗氏与碧莲断过，碧莲力任不辞；罗氏见他肯挑重担，情愿把守节之事让他，各人磕他四个头，欢欢喜喜出门去了的话，有头有脑说了一遍。

　　麟如听到实处，不觉两泪交流。正在感激之时，只见碧莲抱了孩子，走到身边道："相公，看看你的儿子，如今这样大了。"麟如张开两手，把碧莲与孩子一齐搂住，放声大哭，碧莲也陪他哭了一场，方才叙话。麟如道："你如今不是通房，竟是我的妻子了；不是妻子，竟是我的恩人了。我的门风被那两个淫妇坏尽，若不亏你替我争气，我今日回来竟是丧家狗了。"又接过孩子，抱在怀中道："我儿，你若不是这个亲娘，被淫妇磨作粉了，怎么捱得到如今，见你亲爷的面？快和爹爹齐拜谢恩人。"说完，跪倒就拜，碧莲扯不住，只得跪在下面同拜。

　　麟如当晚重修花烛，再整洞房，自己对天发誓，从今以后与碧莲做结发夫妻，永不重婚再娶。这一夜枕席之欢自然加意，不比从前草草。竣事之后，搂着碧莲问道："我当初大病之时，曾与你们永诀，你彼时原说要嫁的，怎么如今倒守起节来？你既肯守节，也该早对我讲，待我把些情意到你，此时也还过意得去。为甚么无事之际倒将假话骗人，有事之时却把真情为我？还亏得我活在这边，万一当真死了，你这段苦情教谁人怜你？"说罢，又泪下起来。碧莲道："亏你是个读书人，话中的意思都详不出。我当初的言语，是见他们轻薄我，我气不过，说来讥诮他们的，怎么当做真话？他们一个说结发夫妻与婢妾不同，一个说只有守寡的妻妾，没有守寡的梅香，分明见得他们是节妇，我是随波逐浪的人了；分明见得节妇只许他们做，不容我手下人僭位的了。我若也与他们一样，把牙齿咬断铁钉，莫说他们不信，连你也说是虚言。我没奈何只得把几句绵里藏针的话，一来讥讽他们，二来暗藏自己的心事，要你把我做个防凶备吉之人。我原说若还孤儿没人照管，要我抚养成人，我自然不去；如今生他的也嫁了，抚他的也嫁了，当初母亲多不过，如今半个也没有，我如何不替你抚养？我又说你百年以后，若还没人守节，要我烧钱化纸，我自然不去；如今做大的也嫁了，做小的也嫁了，当初你家风水好，未死之先一连就出两个节妇，后来风水坏了，才听得一个死信，把两个节妇，一齐遣出大门，弄得有墓无人扫，有屋无人住，我如何不替你看家？这都是你家门不幸，使妻妾之言不验，把梅香的言语倒反验了。如今虽有守寡的梅香，不见守寡的妻妾，到底是桩反事，不可谓之吉祥。还劝你赎他们转来，同享富贵。待你百年以后，使大家践了前言，方才是个正理。"麟如惭愧之极，并不回言。

在家绸缪数日，就上公车，春闱得意，中在三甲头，选了行人司。未及半载，赍诏还乡，府县官员，都出郭迎接，锦衣绣裳，前呼后拥，一郡之中，老幼男妇，人人争看。罗氏、莫氏见前夫如此荣耀，悔恨欲死，都央马族之人劝麟如取赎。那后夫也怕麟如的势焰，情愿不取原聘，白白送还。马族之人，恐触麟如之怒，不好突然说起，要待举贺之时，席间缓缓谈及。谁想麟如预知其意，才坐了席，就点一本朱买臣的戏文，演到覆水难收一出，喝采道："这才是个男子！"众人都说事不谐矣，大家绝口不提，次日回复两家。

罗氏的后夫放心不下，又要别遣罗氏，以绝祸根，终日把言语伤触他，好待他存站不住。常面斥道："你当初要嫁的心也太急了些，不管死信真不真，收拾包裹竟走，难道你的枕头边一日也少不得男子的？待结发之情尚且如此，我和你半路相逢，那里有甚么情意？男子志在四方，谁人没个离家的日子，我明日出门，万一传个死信回来，只怕我家的东西又要卷到别人家去了。与其死后做了赔钱货，不如生前活离，还不折本。"罗氏终日被他凌辱不过，只得自缢而死。

莫氏嫁的是个破落户，终日熬饥受冻，苦不可言，几番要寻死，又痴心妄想道："丈夫虽然恨我，此时不肯取赎，儿子到底是我生的，焉知他大来不劝父亲赎我？"所以熬着辛苦，耐着饥寒，要等他大来。及至儿子长大，听说生母从前之事，愤恨不了，终日裘马翩翩，在莫氏门前走来走去，头也不抬一抬。莫氏一日候他经过，走出门来，一把扯住道："我儿，你嫡嫡亲亲的娘在这里，为何不来认一认？"儿子道："我只有一个母亲，现在家中，那里还有第二个？"莫氏道："我是生你的，那是领你的。你不信，只去问人就是。"儿子道："这等待我回去问父亲，他若认你为妻，我就来认你为母；倘若父亲不认，我也不好来冒认别人。"莫氏再要和他细说，怎奈他扯脱袖子，头也不回，飘然去了。从此以后，宁可迂道而行，再不从他门首经过。莫氏以前虽不能够与他近前说话，还时常在门缝之中张张他的面貌，自从这番抢白之后，连面也不得见了，终日捶胸顿足，抢地呼天，怨恨而死。

碧莲向不生育，忽到三十之外，连举二子，与莫氏所生，共成三凤。后来麟如物故，碧莲二子尚小，教诲扶持，俱赖长兄之力。长兄即莫氏所生，碧莲当初抚养孤儿，后来亦得孤儿之报。可见做好事的原不折本，这叫做皇天不负苦心人也。

【评】

碧莲守节，虽是梅香的奇事，尤可敬者，是在丈夫面前以淫污自处，而以贞洁让人。罗、莫再醮，也是妇人的常事，最可恨者，是在丈夫面前以贞洁自处，而以淫污料人。迹此推之，但凡无事之时哓哓然自号于人曰我忠臣、孝子、义夫、节妇其人者，皆有事之时之乱臣、贼子、奸夫、淫妇之流也。